T0179014

Loba

Orfa
Alarcón
Loba

ALFAGUARA

Esta novela fue escrita gracias al apoyo del Programa Jóvenes Creadores 2011-2012 del Fondo Nacional para la Cultura y las Artes.

Loba

Primera edición: febrero, 2019

Gracias a Élmer Mendoza, generoso maestro, por haberme guiado en la escritura de Loba. Esta novela es para él.

Porque nuestro amor es de desierto, esta novela está dedicada a Antonio Ramos Revillas.

...su convicción, pese a que todas las pruebas indiquen lo contrario, de que una belleza terrible y cegadora está a punto de descender y, como la ira de Dios, absorberlo todo, dejarnos huérfanos, transportarnos y dejarnos preguntándonos cómo vamos a empezar de nuevo.

MICHAEL CUNNINGHAM

1.

El amor ha de ser de desierto, o no será, porque amor que no es de frío y de calor no es amor.

Yo sólo era una chica, sin más. Era una chica en medio de la nada, de la arena. Veía caer el sol y sentía pasar el frío junto a mí. Era una chica solamente. Sin historia. Era una chica delgada, con un short y un suéter, maquillada, sentada sola en ese columpio en medio del desierto. Una chica con botas que reía y estiraba las piernas para balancearse más alto y más lejos cada vez. Yo era una chica como cualquiera. Sin deudas ni efectivo, sin citas en ninguna agenda ni motivos para vivir o morir. Sin necesidad de ser, pero era. Sin necesidad de personificar a nadie.

Ah, chingá, si a ti nunca te han impuesto un modelo de conducta, dijo Rosso cuando traté de explicarle por qué me sentía tan feliz.

Rosso estaba parado a pocos pasos de mí. Fumaba. A lo lejos se oía a Bob Marley. Yo no podía más que reír. Reír y sentir el corazón estrujado porque sabía que no había manera de que ese momento fuera eterno. Había pasado siete horas en un autobús sólo para estar ahí con él, en un columpio, solos. Y fue tanta mi dicha que quise llorar y que nos muriéramos ahí mismo para no tener que regresar a casa.

Era una felicidad que se inflaba de tal manera que me oprimía el corazón, no lo dejaba latir. Una asfixiante felicidad que me obligaba a tomar aire a tragos pequeños.

Que este momento fuera eterno.

No, wey, cómo que eterno. Me estoy muriendo de hambre.

Rosso comenzó a caminar hacia el pueblo.

El amor ha de ser de desierto, o no será. Por eso me llevé a Rosso al frío, a la nada, al polvo en los ojos y en la boca. Él se había metido en ese silencio extraño, patético, que lo rodeaba como un capullo durante días enteros. Rosso se encerraba en su casa y no había fuerza humana que lo sacara de ahí. Si mis muchachos iban por él para llevarlo conmigo, era peor que haberlo dejado donde estaba. Mirando al techo, apenas atinaba a decir que tenía sueño y acto seguido se quedaba dormido. O al menos lo fingía.

Esa última vez me tomé la molestia de ir en persona a sacarlo del cuarto que compartía entre semana con su primo, yo, que todos los días fantaseaba con volarme la cabeza, que cada mañana quería enfermarme para poder quedarme en cama. Yo que nunca me había encargado de nadie. No le pregunté ni qué tenía porque me iba a contestar ridiculeces que yo no sabría curar. Sólo lo besé y le dije que ya nos íbamos. Cuando me preguntó a dónde, le dije que tenía que acompañarme o la ciudad me caería encima. Le gustaba sentir que yo necesitaba ayuda y que él podía salvarme. Rosso, ángel guardián.

Dijo que nos fuéramos pero si era de una manera definitiva. ¿Qué podría negarle yo a Rosso?

Nunca había viajado en autobús. El corazón me latía tan fuerte que me dejaba sorda. En cuanto tomamos carretera, Rosso se quedó dormido. Me recargué en él mientras escuchaba Tú me estás dando mala vida… en su reproductor de mp3.

Despertó una hora después para renegar.

¿No pudimos tomar un camión más pollero? Uno que hiciera más paradas hubiera estado más chido.

¿Qué es pollero? ¿Los que llevan a la gente a Estados Unidos?

Esos son los coyotes, gruñó y volvió a dormirse.

La piel de Rosso siempre estaba helada, sobre todo sus manos. Acurrucada junto a él y su chamarra de los Cowboys, me recriminaba por no haber llevado algo encima del suéter. No imaginaba que fuera de Nuevo León el clima cambiara tanto. Nunca había escapado de casa, tal vez porque nunca supe bien hasta dónde llegaba mi casa. Aun en otro continente, papá estaba enterado de dónde me encontraba, a qué hora salía o entraba, a dónde iba, con quién. Pero Treviño jamás sospechó que me subiría en uno de esos autobuses hediondos, por eso cuando le dije que iba a despedir a Rosso, se quedó tan tranquilo fumando.

13

Las montañas azules y de rato doradas como si se estuvieran incendiando. Los caminos vacíos, los terregales. Jamás habría para mí un paisaje más hermoso. Rosso y yo en la nada, como si fuéramos algo el uno para el otro.

Lo desperté para que bajáramos. Modorro y malhumorado cargó con su mochila. Yo iba apenas con lo que llevaba puesto. Se dio cuenta de que estábamos en medio de ninguna parte.

Puta madre, Lucy, ya nos pasamos de Matehuala.

Entre calles vacías y ojos que se asomaban a descifrar nuestros pasos huecos, atravesamos el pueblo.

¿Y ahora para dónde?

Así, arreados por las miradas acusatorias, llegamos a esos columpios en medio de pura tierra.

Que este momento fuera eterno.

Pinche romántica, de dónde te salió lo pinche cursi, mejor piensa cómo nos vamos a ir de aquí.

Mi dicha era del tamaño de su tedio.

Era un pueblo de gente huraña. Éramos un par de intrusos al que todos rehuían la mirada pero espiaban de reojo. Vimos a lo lejos un local abierto, parecía un depósito o una tienda de abarrotes y hacia allá nos dirigimos.

Paloma, me dijo una anciana sujetándome del brazo.

Quise soltarme. Me confundía, me asustaba.

Qué bonita paloma, acariciaba mi mano.

Me volví a mirar a Rosso.

A esta paloma le van a cortar las alas.

Las mujeres pueden maldecir porque están malditas. Me aferré a Rosso y seguimos caminando. Rosso nada más se rio de mí y se puso a cantarme: Una palomita blanca de piquito colorado.

Alguna vez me habían dicho que yo podía ser modelo de manos. Mucha gente se me acerca a decirme cosas para quedar bien. Miré mis manos y por primera vez me parecieron hermosas. Rosso me llevaba del brazo, impaciente, no entendía que a pesar del miedo ese pueblo era para mí el descubrimiento de la belleza. Que lo único que me había deslumbrado después de él era tanta arena, tanto silencio.

Oiga, ¿aquí se puede conseguir peyote?, dije al entrar en el tendajo cuando al fin pude alcanzar a Rosso.

Él me miró impaciente. Salimos de ahí con dos paquetes de galletas asquerosas y unas cocas, me dijo que no volviera a abrir la boca.

No quiero comer esto.

Eres insufrible. No hables con la gente. No les caes bien.

Probé las galletas pero eran puro químico. Las aventé. Rosso se apresuró a recogerlas y me pidió que no estuviera haciendo más numeritos.

¿Cuánto dinero nos queda?

Siempre hacía preguntas así de ordinarias. Usaba palabras que yo odiaba, como "dinero", cuyo sonido me sabe a cobre en la boca. Es una palabra muy fea, barata, como "aretes" o "anillos". Son de esas palabras que no pronuncio porque suenan corrientes.

Todo.

¿Todo?

Pues sí. Ni que nos lo fuéramos a acabar.

De nada sirvió que le explicara que no usaba efectivo nunca porque me parecía lo más sucio del mundo, peor que tocar pasamanos, picaportes, o dar la mano a desconocidos.

Serás puños, Lucy. Aquí de nada nos sirven tus pinches tarjetas, y se puso a soltarme un rollo de que mi realidad y la de los demás, por primera vez, era la misma.

Estaba tan entretenido hablándome de lo que él llamaba "la realidad", de lo pésima que había sido mi idea de irnos en autobús, y de lo maravillosa que era su vida antes de mí, que no vio que desde el otro lado de la plaza unas chiquillas nos miraban y cuchicheaban caminando despacito hacia nosotros fingiendo que se acercaban casualmente.

No me miraban a mí. Rosso manoteaba, fumaba, entrecerraba los ojos, mejor se quedaba callado ante tanta frustración. Perdía la vista en la nada. Luego me recriminaba por haber comprado los boletos con tarjeta de crédito.

Para estas horas toda la Policía Federal nos busca en Matehuala.

Ni que fuéramos delincuentes, dije más concentrada en las chicas que se acercaban que en la verdad de sus palabras.

16

La belleza de un hombre se puede medir por cuántas mujeres lo ven, y cuántas lo desean.

Bonitas las cuatro, evidentemente dos de ellas eran hermanas. Vestían pantalones de mezclilla y suéteres de mala calidad. El cabello suelto a la cintura y ojos que refulgían aún de lejos.

Rosso era objeto de codicia. Su presencia poseía un halo de inaccesibilidad, era un recordatorio de la belleza del mundo, ésa que puede contemplarse en una escarpada montaña, en la aurora boreal, en los ojos enormes de un animal libre. Su presencia era la prueba de que la belleza no puede aprehenderse. Como ente indiscutible de luz, la presencia de Rosso acercaba a la idea de la fragilidad, de la realidad de lo inmediato, el temblor ante lo que inevitablemente terminaría, tal vez en un par de años o en pocos segundos. Este descubrimiento de fugacidad hacía necesaria la contemplación de Rosso con el fervor y el asombro que sólo puede poseer un creyente.

Yo te venero.

Simulando ir envueltas en estruendosas carcajadas, las chicas pasaron frente a nosotros y siguieron de largo.

Rosso dejó de regañarme para seguirlas con la mirada.

¿Es domingo, o por qué estas pendejas están dando vueltas a la plaza como estúpidas?

Costumbres de rancho, dijo Rosso, en lugar de recriminarme por criticar a las adolescentes.

El tiempo se contaba a pasos: los pasos eran los de las chicas. Se alejaban para volver a acercarse.

Estoy cansada. Vámonos.

Ahorita.

Las hermanas tenían la piel de las mejillas tan seca que lucía tostada, quemada, les otorgaba un rojo doloroso de piel resquebrajada que no dejaba de tener su encanto. Tendrían quince o dieciséis años, sonrisas perfectas y cinturas minúsculas. Ahora sí miraban fijamente a Rosso.

Mi amigo Max, en su etapa heterosexual, solía repetir a cada momento You can't buy it, you don't dream it, para referirse a sus mujeres. Era una de esas cosas molestas que irritan de los amigos y que hacen desear no volver a verlos. Y aunque había renunciado al inglés muchos años antes, no podía dejar de repetir en mi mente You can't buy it, entre más se acercaban las niñas. Ellas no podían pagar por Rosso. Ellas simplemente podían tomarlo y llevárselo gratis.

Fue en el taller de periodismo donde lo conocí. Era un grupo de veintitantas personas y él se integró al tercer día. En cuanto llegó, las chicas se le fueron encima abrazándolo y besuqueándolo. Era un grupo de décimo semestre, todos tenían casi cinco años de conocerse, excepto yo, que estaba ahí como oyente.

Cuando todas dejaron de ensalivarlo, me miró extrañado de que conformara parte de ese grupo.

No sabía qué hacer porque no entendía si con su mirada quería excluirme o interrogarme.

Sólo pude preguntarle quién era.

Rosso.

Rojo.

Rosso, repitió, porque creyó que no le había entendido, porque seguramente desde ese instante ya pensaba que yo era tonta.

Y en lugar de preguntar mi nombre, lo que dijo fue:

¿Y qué dicen las cosas en El Cielo?

Como parecía un ángel, bien podría ser producto de un parpadeo. Por eso le tomé la mano, la apreté, y quiero pensar que lo solté inmediatamente, que resistí mi impulso de llevarme a los dientes la punta de cualquiera de sus dedos, que sólo le dije:

Mucho gusto.

Estoy tranquila porque sé que hasta la última letra de tu nombre olvidaré.

2.

Tomé su mano cuando las chiquillas estaban a pocos pasos. Esta vez sí hablarían. Me senté pegadísima a él. Las miré con fiereza a los ojos. Mi mirada no las hizo inmutarse, mi mirada no podría competir con la alegría de Rosso al verlas acercándose.

Le preguntaron cómo se llamaba y contestó que Mario o cualquier nombre aleatorio y común. Le preguntaron si yo era su novia y volvió a mentir. Aburrida pero sin soltarlo, volteé hacia otro lado. Solamente dos de las chiquillas se presentaron, las otras eran demasiado tímidas para hablar. Se llamaban Clara y Elisa y, efectivamente, eran cuatas. Habían nacido con pocos minutos de diferencia. Quince años. Ninguna de las dos tenía novio. Elisa aventajaba a su hermana en soltura y gracia. Aunque las dos eran idénticas, si tuviera que elegir sólo a una, Rosso se llevaría a la menor. Era avispada y coqueta de manera natural.

Contaban que iban a la secundaria. Me aburrieron tanto que preferí pensar en nuestro problema inmediato: ¿dónde dormiríamos? Justo cuando se me ocurrió preguntarles si sabían de un hotel, Elisa le dijo a Rosso que su mamá podía alquilarnos un cuarto de su casa.

¿Completamos para pagar?, le pregunté a Rosso al oído y él me dijo una cifra.

¿En euros cuánto es?

Qué increíble.

¿Sí tenemos?

Son como dos euros, no me avergüences con esas preguntas.

Sentada en la cama miraba mis botas llenas de tierra, sin decidir si me las quitaría. Rosso me había contagiado su nulo entusiasmo, o tal vez era esa cama. No quería dormir en el colchón que nos habían cedido, con sábanas que había usado quien sabe quién.

Un cuadro del Sagrado Corazón de Jesús lleno de polvo nos miraba. Siempre me ha dado miedo ese corazón espinado bajo un rostro impertérrito.

Agradece que no vamos a dormir en una banca del parque, Rosso había adivinado mi decepción.

Lo conseguiste. Querías que viera que este es un pinche viaje mierdero. Lo conseguiste.

Seguramente era el cuarto de las cuatas, no me sorprendería que compartieran una sola cama. Me acosté así, vestida, mirando hacia la pared sobre un cobertor hecho hilachas en un colchón desvencijado. ¿Mi felicidad tenía que ser así, molesta para todos a mi alrededor? ¿Mi felicidad era tan chocante, tan impostada, tan ridícula?

Un año antes, pocos días después de mi tercer intento de suicidio, Ferrán me había llevado al campo a descansar varios días, y abandonada en un corral, descubrí a una pequeña oveja café. Su madre la rechazaba y se negaba a alimentarla. Estaba sarnosa, nadie se había preocupado por ella. La nombré Gretel. La besuqueé aunque Ferrán me pidió que no lo hiciera. La adopté. Era tan bebé, dormía conmigo. Ferrán, asqueado, se iba a otra habitación. Pero antes de Gretel yo no despertaba por las mañanas hasta que a media tarde el peso del hambre me hacía pedir un pedazo de fruta, trataba de ver una película, y volvía a quedarme dormida antes de llegar a la mitad. Con Gretel fue todo distinto, me despertaba para alimentarla, acicalarla, veíamos películas, ella tomaba de un biberón que yo misma le preparaba. Ferrán ya se había mudado de habitación.

Guarda questi occhi di bambolina, le decía yo tratando de que quisiera a la borrega tanto como yo.

¿Para eso sobreviviste?, ¿para andar agarrando animales de granja como si fueran tus hijos? Mejor te hubieras matado, me dijo en español porque no podía negar su lengua materna cuando rabiaba.

Ese día lloré tanto que volví a quedarme dormida durante tres días. No podía simplemente liberarme de Ferrán. Nuestro amor era verdadero, vívido y, por lo tanto, imperfecto.

Y después de tener una villa preciosa en Roma y una de las mejores casas del norte del país, ahora debía dormir en un cuarto de muebles viejos y humedad en las paredes. ¿Qué estaría haciendo

Ferrán? ¿Cepillaría a Gretel antes de irse a dormir como yo le había pedido que lo hiciera? Hasta mi Gretel estaría más cómoda que yo en ese momento. El cuarto no era digno ni de un animal. Quise preguntarle a Rosso cómo era posible que hubiera gente que viviera así, pero preferí ahorrarme su discurso sobre cómo el mundo existe a pesar de mi ignorancia al respecto.

Al colchón se le sentían todos los resortes. Me senté en la cama.

¿En serio crees que sea buena idea que durmamos aquí?

Me puse de pie.

¿Prefieres dormir en la plaza con los coyotes?

No creo que bajen coyotes.

Entonces dormimos afuera y que nos encuentren más pronto.

Ya no quise contradecirlo, él deseaba sentir ese miedo de persecución, sufrirlo. Para mí esa sensación era una novedad. Como quien pertenece a una secta, nunca se me había ocurrido que tenía la posibilidad de irme. Cuando se me ocurrió no lo dudé. Nos fuimos y ya. Que Rosso dijera que tenía miedo a las represalias, a los hombres armados, al fuego, era tan ridículo como si me estuviera contando una película de acción tratando de hacerla pasar por un hecho real.

Cuando dijo que me acostara, me resistí y se levantó a abrazarme.

Estás morada.

Estoy congelada, quise repegarme contra él, contra la tierra de su cara, contra su aliento modorro, pero pensar en dormir en esas cobijas rasposas que no habían sido cambiadas me lo impidió.

Tengo frío y el colchón está helado.

Ya duérmete, dijo mientras me atraía hacia él, pasaba sus manos por mi espalda, las bajaba a las nalgas y las llevaba a mis caderas.

Me desnudó mientras yo seguía parada junto a la cama. Su piel siempre fue muy helada, pero su boca era tibia, un refugio entre la niebla que me atemorizaba. Me gustaba sentir el peso de sus manos frías sobre mi cuerpo, su mirada cuando, después de desnudarme, me sujetaba de la cintura, me impedía acercarme a él para contemplarme un rato.

Rozaba su lengua contra mi pubis mientras me hacía permanecer de pie y él, acostado boca arriba, acomodaba la cabeza entre mis piernas. Hacia arriba me miraba.

Desnuda eres perfecta.

Ya me lo había dicho antes: que todo me ensuciaba, me alejaba de él, pero sin ropa que mostrara mi identidad o mi origen, era sólo una chica al alcance de su mano. ¿Qué tanto mi ropa era yo, y qué tanto mi yo le molestaba? Él mentía: mientras yo siempre había estado a su alcance, él era quien no estaba al mío.

Y mi perfección al desnudarme también era mentira: no podría ser perfecto un cuerpo abierto y luego cicatrizado.

Todo, quítate todo.

Dejé caer al piso un par de anillos que llevaba en la mano izquierda, no los traía porque fueran caros, simplemente me gustaban, eran dos argollitas muy delgadas de oro rosa. Los había comprado en un mercado de antigüedades el primer día que salí con Ferrán, tal vez por eso me gustaban tanto. También la cadena con la medallita de la Virgen que me había regalado el arzobispo y que mi abuela me pedía que nunca me quitara (ya ni la usaba, hasta ese día que supe que nos iríamos lejos). Una placa de oro que decía "Rich Bitch" y que tenía pequeños diamantes cayó al suelo. Era una manifestación de pleno mal gusto, la había comprado para molestar a Rosso, y ese día la traía por si en algún momento necesitábamos efectivo.

Todo, Lucy, todo.

Eran los símbolos religiosos los que más le molestaban. Sin ser creyente, me gustaban los objetillos supersticiosos esos que contaban historias. No me quitaría la delgadísima cadena de oro blanco que rodeaba mi muñeca derecha, ni su pequeña inscripción: "Santa", y un crucifijo tan pequeño que cabía en la uña de mi dedo pulgar. Papá me lo había regalado.

No podía confiar en la protección de un Dios imaginario, pero sí en la protección de mi padre.

Estábamos ahí, como habíamos estado en cualquier otro lado: para mí cada encuentro era el primer descubrimiento de los helados destellos de su piel, su piel que me parecía cubierta de hielo.

La pistola, wey. Quítate la pinche pistola aunque sea por una vez mientras cogemos.

Tiene seguro, maricón, le contesté al besarlo.

No iba a desarmarme el frío, ni el amor. No iba a desarmarme Rosso. No iba a desarmarme el desierto.

Me congelaba. Rosso desnudo estaba parado junto a mí. Le pedí que me levantara para rodearlo con las piernas y me sujeté de su cuello. Sobre su piel ya no existían las sábanas sucias ni la tierra del camino.

¿Quieres venirte arriba?, me preguntó.

Cabalgándolo al ritmo de tanta furia, ¿llegaría a mi libertad? ¿Me acercaría siquiera?

Rosso apretó con fuerza mi cintura, solía hacer eso cuando iba a terminar. Miré sus párpados porque ya tenía los ojos cerrados, ¿pensaría en Clara o en Elisa? Como en tantas ocasiones, me vi tentada a pedirle que no se acostara con nadie más que conmigo. "No seas débil", me repetía en esos momentos. "No te venzas, no seas...", no concluí la frase en mi mente, porque lo que se venció fue la puerta de nuestra habitación y entraron varios hombres.

Al instante, todas sus armas apuntaron a la cabeza de Rosso.

3.

¿Quiere saber lo que son las balas, mija?

El tono de su voz me inspiraba confianza aunque sus palabras me parecían una trampa. De cualquier forma, yo seguiría a mi padre a donde fuera, a mi propia muerte lo seguiría entre brinquillos de alegría.

Tenía cinco años. Él tendría alrededor de veinticinco. Era un chamaco flaco con una hija flaca. Rodeamos la casa y caminamos hacia el pequeño bosque que estaba detrás de la propiedad. Caminaba detrás de él sin saber si era como el leñador guiando a Blanca Nieves o como Abraham llevando a su hijo a la piedra de los sacrificios. Cualquiera de los dos tenía la orden de matar, pero a esa edad yo pensaba que papá era como Dios: podría quitarme y darme la vida cuantas veces quisiera.

Y yo nunca le he tenido miedo a morirme.

Sí había un lobo en la historia pero yo, Caperucita, aún creía que el lobo era Treviño, que en ese entonces no estaba panzón ni tenía el bigote tan tupido. Él caminaba a pocos pasos detrás de nosotros.

Papá sacó su pistola.

Entonces, ¿quieres saber lo que son las balas?

No sabía cómo responderle. Era una niña chimuela y papá un chamaco con su primera cana. La vi entre los reflejos del sol que dejaban pasar los árboles.

Después de estar de viaje durante semanas, por fin papá había vuelto a casa. Mi abuela lo recibió con quejas y llantos.

Esta huerca, que me mete unos sustos horribles.

Siempre había acusaciones.

Esta huerca mustia, se queda ahí poniendo ojos de plato.

Esta huerca sonsa, pone cara de palo como si no acabara de tirar la sopa bajo la alfombra.

Esta huerca sorda, la regaño y no contesta ni aunque le grite, es una mosca muerta.

No puedo con esta huerca, ya no estoy para estar cuidando niños, ya cuidé muchos, un día ya no voy a poder.

En esa ocasión, las quejas de mi abuela no eran las de costumbre, pues no era mi silencio el que la había ofendido.

No sabe lo que dice, lloraba.

Sucedía que mi abuela, sorprendida de oírme hablar sola, se había colado sin hacer ruido a mi cuarto para escucharme.

Diosito: que no nos corten los dedos, ni nos arranquen la piel, que no nos metan en una cajuela. Que nos maten de una sola bala. Amén.

Era mi oración al despertar y al irme a dormir. La abuela me oyó y encendió todos los focos, se puso a dar de gritos, despertó a la servidumbre, poco le faltó para llamar al obispo para que bendijera la casa.

Es que me mete unos sustos, no sé por qué es así, lloraba.

Pero todo es por culpa de Tina y sus ideas aleluyas.

Yo sólo quería dormirme, pero con el cuarto lleno de gente tranquilizando a mi abuela no pude más que llenarme la cabeza de fantasmas. ¿Tan malo era que le dijera a Dios lo que sentía?

Afortunadamente papá llegó por la mañana. Ni hizo drama por las quejas de mi abuela, ni pensó que la cosa fuera grave. Hasta le dio risa.

Estás criando al Diablo, Eleazar, dijo mi abuela persignándose.

Entonces a papá se le acabó la risa.

¿Cómo pide la muerte esta niña? Estás criando al Diablo y lo sabes.

Si no deja sus estupideces y sus mañas, amá, ahorita mismo me la mandan a la casa de Linares. Aquí no es manicomio.

Mi abuela se quedó callada. La amenaza le hizo efecto, le aterraba la casa de Linares porque decía que ahí bajaban las auras.

Contenta en los brazos de mi padre, me sentí rescatada por mi héroe. Quise pedirle que no se fuera nunca más, pero recordé otra urgencia: en la televisión había visto que había pandas rojos. Quería uno.

Papá en lugar de contestarme, me preguntó qué había sido eso de las balas.

Es para que Diosito nos cuide.

Uno debe cuidarse solo, Diosito ya tiene mucho quehacer.

Por eso me llevó por un sendero al bosque detrás de la casa y allá, entre las yerbas, me enseñó a disparar.

4.

Tres ocasiones he soñado que tengo un hermano. La primera vez me internaba con un amigo, que no existe realmente, en una ciudad empedrada y ruinosa. Bien podría ser una villa en la Toscana, pero al subir parecía también que estábamos llegando a la explanada del obispado. No tenía miedo, aunque sentía como si en lugar de corazón tuviera un gorrión tembloroso y frágil. Me apesadumbraba no saber en qué terminaría todo aquello. Quise sujetarme de la mano de mi amigo pero él me aventajaba por varios pasos. Era dulce como una niña, ágil como una gacela. Arriba están ellos, me decía, y yo sabía que no tenía más amigos, que quien fuera que estuviera esperándonos me resultaría extraño e intimidante. Subíamos muchos escalones de piedra. Al llegar a la cima, un chico y una chica se besaban. Él tenía la belleza clásica del cine norteamericano de los cincuenta, el cabello engomado, la chamarra de cuero. Soy músico, se presentaba sin decir su nombre. La chica sí lo decía, pero no me importaba nada de lo que ella dijera. Sólo le puse atención cuando dijo que era la esposa. El chico encendió un cigarro. Hablaba de viajes, de canciones que había compuesto para algunas películas, varias de ellas mis favoritas. Yo también quería besarlo. Me sujetaba a su brazo mientras él, que era muy alto, inclinaba su rostro hacia mí y, rozándome con su mejilla, me preguntaba al oído: ¿En serio no sabes cómo me llamo? Entonces mi amigo, el que me había llevado hasta ahí, me jalaba del brazo y me advertía que no lo tocara. Me decía el nombre del chico guapo, repetía despacio Quin ta ni lla. Agregaba: Es igual a ti porque es tu hermano. El chico guapo ya estaba de nuevo junto a su esposa, y le acariciaba el cuello con la punta del dedo índice. Una increíble calidez me recorría el pecho. Una sensación de plenitud que nunca antes había experimentado. Yo tenía una familia. Una que no sólo compartía conmigo la sangre sino también el alma. Por primera vez yo tenía una familia. Tenía un hermano. Una identidad. Al fin estaba completa porque tenía un descanso y un espejo. Un hogar.

5.

Mi padre, el único hombre de mi familia, insistió muchos años en tratar de comunicarse conmigo. Amor es una palabra estruendosa pero sorda. Pedí muy poco para ser feliz, pero él me regaló un tigre blanco creyendo que eso era el amor.

Me había invitado a que pasara unos días en Monterrey. Las invitaciones de papá son formas amables de expresar órdenes. Le dije a Ferrán que debía dejar Roma unos días y viajé sólo con una bolsa de mano.

En el avión soñé que viajaba en tren y me sentaba junto a un chico lindo. Sin hablar, el ruido y los arrullos nos orillaban plácidamente a dormirnos uno recargado en el otro. Él era moreno, alto y poseía rasgos árabes. Al despertar, la belleza de su rostro me parecía tan luminosa que a pesar de que éramos perfectos desconocidos, seguíamos abrazados. Mi muñequita mexicana, me decía. Entonces decidíamos bajar del tren y continuar a caballo. Al montarlo y comenzar a besarnos, el chico caía rompiéndose en pedazos la nuca. Llegaba papá. Era la primera vez que lo veía atemorizado.

Es tu hermano Eleazar, gritaba tratando de reanimarlo.

Me decepcionaba de mí misma por no haberme enterado de que había alguien como yo hasta el momento en que ese ser ya no existía. Una indescriptible sombra me oscurecía por dentro.

Cuando se abrió la tierra, con cariño y respeto un grupo de hombres depositaba a mi hermano en el pozo. Papá decía que lanzaran también al caballo y lo enterraran vivo. Quería gritar que el caballo no había tenido la culpa de nada, pero mi garganta cerrada y resquebrajada se negaba a articular palabra.

Desperté sobresaltada y a punto del llanto. Había tenido un hermano luminoso, fuerte, perfecto, y lo había perdido.

6.

Llegué a la casa de papá, la abuela, la infancia, a mi habitación de siempre donde solía encontrar extrañas fotografías mías con gente que jamás había visto. Se suponía que sólo sería el fin de semana pero papá ni estaba. Esperé varios días para poder verlo y todo ese tiempo el sueño me habitó como un ente funesto.

Amo Monterrey. Mi Monte hostil. En algunos momentos me cansa no poder salir a caminar como en cualquier otro lado. Entonces me aburro y me voy pero siempre vuelvo, me acuesto en todos lados, pero vuelvo, como si fuéramos una pareja, porque el único matrimonio en el que creo es en el que uno tiene con el origen y con la lengua.

Al fin papá apareció sonriente y aligerado, como él era, y toda la tristeza por ese sueño horrendo en el avión desapareció.

Te dije que vinieras porque voy a presentarte a alguien, fue la primera trampa para hacerme quedar más tiempo en casa.

Papá Ali Babá creía que yo necesitaba un hombre. Ya me había ofrecido a cada uno de sus cuarenta ladrones pero a mí no me interesaba terminar como esposita de político. Para un hombre de su generación, una hija de veintidós años era una pobre solterona desvalida. Pensé que me presentaría a otro cantante, otro político, u otro empresario. Amor es una palabra sorda.

No quería conocer a nadie pero, de cualquier forma, obedecí y me puse preciosísima para la cena. El "alguien" resultó ser una majestuosa tigresa blanca, una cachorra que me hizo olvidar la molestia de tener que vivir en casa de mi padre unas semanas más.

Mi cachorra había sido un anzuelo que mordí con suavidad. Era el animal más caprichoso y arisco que yo había tenido nunca. Luego vendría la orden paterna de que estudiara dos meses en México. No le bastaba con que yo aprendiera cosas viendo cine o leyendo. Cada cierto tiempo me pedía que estudiara algo y lo complacía fingiendo que quería ser chef, diseñadora de interiores, o administradora. Me metía a cualquier cursillo y luego resultaba que aquello no era lo mío. Ya hasta había intentado escribir una novela, pero me había dado por vencida. Esa última vez, como quería volver a casa al día siguiente, respondí que estaba muy interesada en estudiar periodismo.

Ah, quieres darme la vuelta, me quieres sacar de mis casillas. Nada más te anuncio que cuando tú vas yo ya vengo, y si lo que quieres es estudiar esa pseudo profesión de muertos de hambre, pues las decisiones que tomes o no tomes pues las tomarás, y de aquí a que acabe el semestre.

Al día siguiente, como castigo, ya estaba en la escuela pública. Ahí conocí a Rosso.

7.

La belleza es esa quieta armonía que nos hace latir a la par de la sintonía del mundo. Rosso es tan bello que podría ser mi hermano. Lo vi temblar, sudar a pesar de que estábamos casi a cero grados. Nunca lo había visto tan frágil. Sentí pena por él. No existe una temperatura más fría que la del metal en la piel. Rosso sólo estaba acostumbrado al calor de los besos, todo mundo quería llevárselo a la boca. Rosso sentía por primera vez ese frío, tal como yo lo había sentido años antes. Había al menos seis pistolas apuntándole. Me enfurecí y grité que lo dejaran en paz.

Entonces apunté mi arma contra Treviño.

Pa qué me mata, mija, dígame la clave de que todo está bien, y nos vamos tan felices.

No.

Mija.

No, Treviño, pinche clave ridícula, no la hemos actualizado desde hace años.

Pues…

Cuando iba a poner el arma contra mi mentón, Treviño me golpeó en el brazo y al instante me inmovilizó. Se veía viejillo, pero seguía tan hábil como siempre.

Le dije que Rosso no representaba ningún peligro, que al final de cuentas era yo la que le había dicho que nos fuéramos.

Serás mamón, Treviño, ¡déjame ya!, grité empujando a mi chofer.

La contraseña, pendeja.

La contraseña. La estúpida contraseña. Me sentí tonta repitiendo: Chaparrita tú serás mi consentida ándale ándale. ¿Por qué nunca habíamos cambiado esa contraseña tan ridícula? Por lo pronto era la única forma de que Treviño estuviera seguro de que yo estaba a salvo y de que Rosso no me había secuestrado. Hasta el nombre de mi pistola, "Chaparrita Consentida", me pareció nefasto en ese momento.

Me envolvió en una sábana y me arrojó hacia fuera de la habitación.

Mis cosas.

Rápidamente uno de los muchachos recogió lo que pudo del suelo.

A Rosso ya lo habían subido a la camioneta, Treviño me aventó junto a él.

¡No puedes andar en estos rumbos, cabrona! ¡Ya sabes que no puedes, pendeja!

Que Treviño me hablara sin ningún respeto era su indicación involuntaria de que estábamos en un peligro real.

Rosso sudaba. Estiré el brazo para secarlo con esa sábana sucia que me envolvía pero Treviño giró muy rápido en una vuelta y fui dar contra una ventanilla.

¡Treviño, con una chingada!

¡Te dije, pendeja!

Una camioneta roja desconocida ya venía detrás de nosotros. No hizo falta que Treviño bajara la velocidad, la camioneta roja ya nos había cerrado el paso.

Muchas son las aflicciones del justo, pero de todas ellas lo librará Jehová. Tía Tina me había hecho repetirlo muchas veces, hasta que se convenció de que lo había memorizado. Yo, a los seis, no sabía ni qué era una aflicción y papá era mi concepto de la palabra "justo". Tenía claro que siempre él me protegería y que cuando no estuviera, Treviño tomaría su lugar. En la camioneta, el Salmo que me había enseñado tía Tina volvía a mi recuerdo de una manera vacía: ¿qué justicia podíamos ondear para merecer la salvación de Jehová? Treviño era mi pastor, nada me debería faltar.

Aparte de la camioneta roja, un par de Hummers había salido de quién sabe dónde. Nosotros éramos más trocas, pero estábamos en su territorio.

Ni hablan, ni se bajan, ni se asoman. Nada, nos dijo Treviño a Rosso y a mí.

Varios tipos con AK-47 se acercaron. Treviño bajó la ventanilla.

Qué pasó, jefe.

Es lo que yo quiero saber, cabrón, qué paso, gritó el que parecía el líder de los de las Hummers.

Nada, que mija se apendejó y se fue con el novio. Nomás vine por ella. Ya nos vamos.

A ver, dile que se asome.

No, patrón, está panzona, no quiero que se lleve un susto.

El del bando contrario dudó. No sé qué extraña ternura provocan las embarazadas. A mí me desconcierta que alguien crea que por parir a otro ya aportó algo a la humanidad, ya cumplió, ya tiene derecho a caminar sobre el mundo.

¿Pero seguro que es tu hija?, dijo y varias AK-47 se voltearon hacia nosotros.

Se lo juro por mi madre, patrón. Por la Virgen. Ya nos vamos, así como vinimos ya nos vamos.

Pues lárguense a la chingada, no quiero volver a verlos por aquí.

Al arrancar, Treviño me dijo:

No puedes andar suelta por el país. Sabes que tu patria empieza y termina en Nuevo León.

Bajó la ventanilla. Escupía a cada rato. Lo había hecho enojar.

Si lo que quería era peyote, mija, nomás me lo hubiera pedido.

Cuando después de avanzar varios kilómetros Treviño volvió a hablarme de usted, supe que estábamos fuera de peligro.

Rosso estaba más pálido que nunca, pero también entendió que estábamos bien.

Pinches sustos.

En la nuca sentí un escalofrío, como si fuera el gélido fantasma de la bala que no me había atravesado.

Bajé la ventanilla de mi camioneta, miré la noche del desierto, dejé que el aire volara la sábana percudida que me había envuelto. Que se la llevara.

Rosso me sentó en su regazo. Se quitó la sudadera y me vistió con ella. Me apretó contra sí. Al oído me dijo:

Yo voy a morirme contigo.

¿Conmigo?, pregunté para que lo repitiera.

No. Por tu culpa.

Me apretó más. Metió la mano entre mis piernas. Me tocó suave y lentamente.

Me vine sin hacer un solo ruido.

Treviño no se dio cuenta.

O hizo como que no se dio cuenta.

8.

La última vez que soñé que tenía un hermano fue la primera noche que dormí con Rosso. Fue ese día que Rosso me preguntó por El Cielo y yo le dije que lo llevaría saliendo de clases.

Pocas veces había tenido la necesidad de acercarme a un hombre, por eso no sabía cómo decirle que se metiera a mi cuarto. Fue él quien asumió que iba a quedarse.

¿Y yo dónde voy a dormir? ¿Solo? ¿Solo en esta casa tan grande?

En mi cama Rosso estaba boca arriba y miraba el techo como si pudiera ver a través de él y contara las estrellas. Me recriminé porque nunca se me había ocurrido pedir que me pusieran un techo transparente, así mi felicidad hubiera sido completa en ese momento.

Puse la cara encima de la suya, muy cerca.

Cuando era niña, un día mi abuela me oyó pidiéndole a Dios que si me mataban, que fuera de una sola bala.

Aún no sé por qué lo dije, fue como un desahogo, como si durante años hubiera estado esperando tener a alguien con quien hablar. Sigo recriminándome todo lo que le conté. No sabía en ese entonces que mi voz era sentencia de muerte.

¿Y luego?, preguntó.

Pues nada, que me oye mi abuela y que me castiga. Me puso a rezar cien aves marías.

Rosso empezó a reírse y a mí también me ganó la risa. Nos carcajeábamos. Nuestras narices rozaban y reíamos más.

Me asomé a su boca, a sus dientes, y su risa era una puerta que yo jamás podría atravesar. No lo supe en ese momento porque era la primera vez que nos acostábamos.

Cuando iba a besarlo me preguntó si las había rezado todas.

Obvio no.

Dejó de reír porque le puse un dedo sobre los labios y tuve que contenerme para no abrirle la boca y mirarle más de cerca los dientes. Como lo había hecho con Nadja. Mi hermosa tigresa blanca ya tenía nombre.

El vientre de Rosso era blanco como el de mi gata, apoyé en él la frente mientras Rosso decía que le hacía cosquillas.

Esa primera noche en mi cama yo debí entender que esa escena anunciaba todo lo que sería nuestra relación: por más que yo lo abrazara, por más que yo tratara de metérmele por la boca, él siempre estaría mucho más adentro de su piel. Él nunca necesitaría de nadie, o al menos, no de mí.

Lo dejé voltearse hacia la ventana y concentrarse en un árbol mientras decía que al contemplar tantas hojas al fin sabía lo que era el infinito. Quién sabe cuánta yerba había fumado en el balcón mientras yo me duchaba.

Si digo que esa fue la primera vez que nos acostamos, lo digo en el sentido literal de las palabras. Rosso siguió observando al infinito hasta que se quedó dormido. Yo no pude hacerlo de las ganas que tenía de que él me deseara.

A las cuatro de la mañana marcó Ferrán pero no le contesté.

9.

Justo entrando a Nuevo León, recostada sobre el pecho blanco de Rosso, recordé esa primera noche y ese primer sueño con él: Rosso caminaba sobre el mar, quizá estábamos en Mikonos. No me conoces, decía, porque soy tu hermano. Entonces me quitaba la blusa y decía que no importaba que mi piel fuera oscura y la suya fuera clara. Éramos hermanos.

La primera vez que nos besamos fue en sueños.

Desperté en la camioneta. Apenas íbamos a pasar por Saltillo. Pensé que estar con Rosso siempre me provocaba una sensación de irrealidad. Traté de explicarle cuán onírico se volvía el ambiente cuando estaba junto a él.

Entre nubes, pero no es por mí, es tu vida. Nunca has vivido en otro lugar que no sea El Cielo, me dijo.

¿Dormiste?, le pregunté.

Nada, ¿cómo voy a dormir si nada más está sonando tu celular?

Así que ahí estaba, debajo del asiento. Ocho llamadas perdidas de Adán, mensajes en los que preguntaba cómo estaba, luego con quién estaba, y después si el hijo de puta de Rosso estaba conmigo.

¿Quién te está llame y llame? ¿Adán? ¿Ese pendejo no tiene nada qué hacer en la vida?

¿Falta mucho para que amanezca?

Un rato, mija, duérmase.

Busqué en el asiento las cosas que habían recogido los muchachos del suelo. Faltaban mi placa de Ritch Bitch y la medallita de la Virgen, una para cada cuata. Se lo comenté a Rosso.

¿Quién se quedaría con cuál?

Quién sabe.

¿Y la Glock?, preguntó Treviño.

Más por rito que por cualquier cosa, en cuanto toco suelo mexicano Treviño me entrega la Glock que papá me regaló cuando era niña. Cuando la sujeto pone sus manos alrededor de las mías, las acerca a sus labios, repite Bendición a mi finísima diestra, protección de mis enemigos, corazón de Jesús late junto al mío. Entonces sobre las manos me deja un beso y yo sé que no moriré, al menos no en esa visita a casa.

La Glock aquí está.

Rosso puso cara de "qué horror estar entre gente tan ranchera y ordinaria".

Le voy a mandar a un muchacho para que recoja la medalla.

No hace falta, ni me gustaba, ni soy católica.

Surgió un silencio incómodo. Temí haber ofendido a Treviño. No supe qué decir para componer el asunto, y la primera cosa cómica que se me ocurrió era un comentario que jamás había enunciado en voz alta.

Qué chistoso que le dijiste al narco ese que yo era tu hija. Cuando era niña yo creía que Treviño era mi papá, volteé hacia Rosso.

Quise reírme, explotar lo ridículo del asunto, pero no había forma. Por lo general, el silencio me agrada, pero ése no era el caso.

Ni vaya a decir eso enfrente de su papá, que me va mal.

Fue cuando vivías con Romina. ¿Ya no has visto a Romina?

Le aventé el turno de hablar a Treviño, a pesar de que nunca hablábamos de cosas personales.

Evidentemente, cada vez que abriera la boca iba a decir algo peor a lo anterior. Romina había sido la primera mujer de Treviño. Yo la quería como a la madre que no tuve, hasta que oí que mi abuela dijo algo como: Estas criadas que nomás están llenándose de huercos, y entendí que adentro le crecía algo que pronto ocuparía un espacio de su casa y de su mente. Romina estaba embarazada, ¿no que era yo la niña más bonita? ¿Para qué quería un hijo? ¿No era suficiente con que me cuidara a mí? Fue la primera vez que me rompieron el corazón. A Treviño se lo rompieron pocas semanas después, cuando Romina le confesó que el hijo no era suyo y se fue de la casa.

No, mija, esa señora hizo su vida, yo no sé nada de ella, contestó Treviño y no supe si debía ya quedarme callada o disculparme por haber preguntado por Romina.

En cierta manera, ahora lo sabía, me reconfortó que nunca llegué a conocer a su hijo intruso.

10.

Abrir los ojos y cambiarme al otro lado de la cama. Oler su almohada. Ferrán salía temprano porque nuestros tiempos jamás coincidieron. Dormitar un rato más pensando en él. Luego meterme a la tina tibia mientras me llevaba a la boca algunos trozos pequeños de mango. Volver, si lo deseaba, a la cama, pedir que llevaran a Gretel y mirar alguna película junto a ella.

Me hubiera gustado esa mañana despertar en casa. En aquella que comenzaba a ser mi casa porque la de papá era un lugar que, a pesar de haberme cobijado toda la vida, sólo me recordaba los días de silencio y las dudas y la sensación de la lengua atorada entre los dientes, las pesadillas que terminaban en un grito que yo no podía emitir y que se revertía con toda su fuerza a mi interior y me caía como cascada ahí, justo en esa área donde se siente el vértigo.

Casa deshabitada de él, porque tenía años gobernando Nuevo León desde Houston.

Ya no quiero vivir en tu casa, cuando traté de decírselo la voz simplemente no salió, como si yo tuviera nuevamente catorce años.

A los veinte poco a poco fui extendiendo las semanas de viaje. Luego llegué a Roma para tomar un taller de novela, pero comencé a distraerme mucho con Ferrán. Luego él dijo que le gustaba una casa donde habían filmado una película. Quise demostrarle que consigo cuanto quiero y que los mexicanos no somos pobres. Terminamos viviendo juntos. O fue como me lo quise explicar, en realidad, tal vez sólo lo hice por darle gusto. O para conseguirlo a él, como si fuera una de las novias operadas de mi amigo Max.

¿Qué miras?

Había estado tan absorta mirando en el iPhone las fotos de Ferrán y de Gretel en nuestra casa, que no me había dado cuenta de que Rosso ya estaba despierto.

¿Quién es?

Ferrán.

¿Tu novio el guapo?

Serían las dos o tres de la tarde. Me hubiera gustado despertar en casa. En mi casa con Rosso.

Vamos a Roma.

¿Y tu novio el guapo?

¿Qué quería Rosso?, ¿que le dijera que él era deslumbrantemente hermoso?, ¿que lo único que los hacía distintos a Ferrán y a él era que Ferrán había ido al spa desde la infancia, y él jamás había pisado uno?

Vámonos, Rosso. Para siempre.

Ándale, así como nos fuimos ayer.

Pudo haberlo dejado ahí, era suficiente. Había entendido la idea. Pero no.

¿Qué no ves que siempre vas a estar amarrada a tu papi, que nunca vas a tener voluntad?

¿Cómo hacía Rosso para llevarme de la dulce nostalgia a la rabia? Ésa que era tanta, que quemaba, se me hacía nudos en la espalda, sólo podría salir si me abría la piel.

Pero no quería caer en eso.

Sólo me puse encima una sudadera que me llegaba a las caderas y tomé mi iPhone. Mientras conducía, odié ver por el retrovisor la camioneta de Treviño. Como si yo fuera un gadget, una propiedad, un valor. Como si tuvieran que cuidarme.

11.

Santa era el nombre que papá hubiera querido ponerme. Me causó gracia pensar en eso justo cuando tenía a Adán entre las piernas.

De qué te ríes.

Ni siquiera usó una entonación de pregunta. Adán tenía un rato conteniendo su enojo. Acertaba, no era un momento divertido. Tampoco era un momento erótico. Su piel morena me pareció más un refugio que un mar en tormenta.

Nunca causé problemas. Si mi abuela quería que rezara, rezaba; que fuera al catecismo, iba; que hiciera la primera comunión, la hacía; no era algo que me afectara, ni que me molestara. Era la oportunidad perfecta para estar en silencio, sin tener que esforzarme por entablar una conversación, por buscar cosas importantes que decir.

Por eso no podía creer que yo pudiera hacer enojar a alguien. Que tuviera la facultad de enfurecer a Adán me hizo sentir en el corazón que había llegado a un destino. Si yo podía hacer rabiar a alguien, era que ese alguien necesitaba algo de mí, algo que yo no estaba cumpliendo, y era el hecho de que lo esperara con tanto afán lo que lo hacía rabiar contra mí.

A pesar de que siempre supe que causaba un tanto de irritación en mis compañeros de la escuela, ninguno se tomó la importancia de dejarse incomodar por mí, porque yo no valía tanto la pena, yo era un ser molesto por ser un objeto intruso entre ellos, pero no los amenazaba en ningún sentido ni nunca tuve la intención de entrometerme en sus asuntos. Para acabar pronto, era igual la flojera que yo les causaba que la que ellos me causaban a mí, excepto cuando apareció la Vogue con mis fotos: yo aparecía tan niña restregándome contra un adulto. Fue cuando dejé la escuela y comencé a estudiar con tutores.

Pero ahí estaba Adán, a quien yo no inspiraba ninguna pereza ni apatía, alguien que, a diferencia de Rosso, sí esperaba algo, lo que fuera, de mí. Ahí estaba Adán, enfurecido por mi culpa, por mí, la mosca muerta, la que jamás había roto un plato, la mustia. Ahí estaba Adán queriendo golpear la pared y a mí, en lugar de darme miedo, me dio esperanza, porque al fin yo causaba algo en alguien y ese algo iba más allá de la curiosidad o la irritación.

Lo atraje hacia mí, lo abracé, puse la cara en su hombro para que no pudiera mirarme a los ojos. Le conté de los hombres para los que yo había sido un accesorio para pasear, para la fiesta, un escalón en la política. Le conté que había uno que sí me había querido, lo supe porque siempre tomaba mis llamadas, porque en un par de ocasiones había cancelado conciertos sólo para visitarme porque así se lo había pedido. Le conté que había tenido que dejar de verlo porque me causaba una sensación de asfixia, porque decía "haiga", porque no media más de 1.75.

La temperatura de Adán se elevaba y yo no podía evitar atraerlo más hacia mí. Por primera vez en la vida tenía infinitas ganas de hablar, de hablar de Rosso. Contar el fervor que me provocaba su sexo, su cuerpo, su ruido que para mí era como si descendiera del Sinaí la voz de Dios y me pidiera desnudarme. Comencé a contarle de las madrugadas en que Ferrán había llamado y yo tenía que contestarle en italiano porque estaba abrazada de Rosso.

Ya cállate, decía Adán en voz baja.

Lo miré. Su cuello y su rostro estaban completamente rojos. Sentí que la cabeza le explotaría en pedazos. Lo deseé más de lo que lo había deseado nunca porque nunca nadie se había enfurecido así por mí.

Y si yo pudiera describirle lo que es para mí pasar los dedos por la espalda de Rosso.

Cállate, quería gritarme Adán, pero no lo hacía porque detrás de la puerta estaba Treviño.

Y yo era una muñeca caprichosa que lo veía alterarse y juntar sus manos como con esposas imaginarias, limitándose, acercándome la mano al rostro, sujetándome el mentón con furia.

Me estás contando porque yo no te importo, si no, no me dirías nada.

Me gusta tu cuerpo. Adoro tu cuerpo.

Una vena se le saltó en la frente. Su cuerpo caía sobre el mío. Sentía el rigor de sus dedos engarrotados en la medida perfecta para no romperme la quijada.

Me gustas tanto.

Qué quieres de mí, por qué me cuentas todo eso.

Quiero que sepas que tú no eres nadie, jamás serás nadie conmigo, y sin embargo, aquí estoy. Te cedo mi cuerpo para que lo rompas. Te doy el gran regalo de mi cuerpo. Para que lo maltrates, lo orines, lo uses.

Como su piel era amelocotonada, morena y rojiza, como había golpeado la pared y se había sacado sangre, besé sus dedos, le pedí que me ordenara y me obligara a hacer cuanto quisiera.

Necesitaba la furia de sus manos en mi cuerpo, por eso le pedí que me golpeara. Y entendí por qué uno necesita de Dios. Es que vivir sin tener un amo es tan difícil. Es tener que decidir cada día lo que hay que hacer. He sido tan violentada, tan desperdiciada, que necesito que me venguen, me defiendan, me justifiquen, y mía es la venganza, dice el Señor.

Pero cada vez que estampaba su puño contra mi vientre o mis brazos me decía que no podía seguir, y yo le exigía que lo hiciera con más fuerza, que me marcara la mejilla, porque al marcarme la piel me purificaba. Me redimía.

Entonces paró, asustado. Corrió al baño. Me mojó la cara.

Perdóname, no sé lo que hice.

Me levanté y vi en el espejo mi mentón morado.

¿Por qué me lo pediste?

Seguía pidiendo perdón. No soportaba que pidiera perdón.

Qué, ¿vas a llorar? Yo me cojo hombres, no nenas.

Y estando ahí, abrazada por Adán después de sentir su fuerza sobre mí, pensé que nunca había tomado el cuerpo de Rosso como una gran sábana blanca que me cubriera, nunca me había dormido entre sus brazos como de niña me quedaba dormida en los brazos de papá o de Treviño.

Rosso nunca me había confiado su sueño como ahora me lo confiaba Adán.

Y creí en un redentor. O más bien, en la necesidad de un redentor. Supe que como Dios no había estado en mi vida, siempre había ido por ahí sin esa necesidad de cobijo satisfecha, a tientas, en un camino que no conducía a ningún lado. Uno no puede ir por ahí despidiendo ese tufo de orfandad para que todos se alejen, uno debe dejar claro que tiene quien responda, quien pague las deudas contraídas. Mi Dios está en los cielos. Dios mi Señor es mi Padre. Y Eleazar Quintanilla. Y Edelmiro Treviño.

Sin un padre no existe una identidad, ¿quién podría ser yo si no lo tuviera?

No hay nadie mayor que Dios Padre. El Cielo es el estrado de sus pies. Y quise que Rosso también fuera mi padre y me abrazara por siempre. Siempre.

Y envidié por un momento la vida mediocre de los creyentes. Uno necesita de Dios porque necesita que alguien le cobije el corazón. Así como Adán me cobijaba en ese momento.

Tu mi fai girar come fossi una bambola.

12.

No puedes hacer la primera comunión porque ya aceptaste a Jesús en tu corazón. No puedes negar a Cristo en tu vida, dijo tía Tina.

Pero el argumento de mi abuela fue más convincente.

Si haces la primera comunión, te vas a poner un vestido de crinolinas y brillantes. Esponjoso y del color que tú quieras.

Entre todos los vuelos y tules blancos, fui la única niña en la iglesia con un vestido rosa. Enorme. No me importaba que fuera pesado ni que batallara al caminar. Parecía una pequeña novia.

Una pequeña novia vestida de color de rosa.

A partir de ahí, fui una niña vestida de rosa de forma permanente, fluctuando siempre entre el credo evangélico de tía Tina y el férreo catolicismo de mi abuela. Obligada a memorizar pasajes bíblicos y rezos que debía repetir a diario. Aprendiendo que podía hacer cuanto quisiera mientras me arrepintiera y me confesara ante el Señor, a la par que me enseñaban que con quien debía confesarme era con un sacerdote. Comencé a inclinarme hacia el lado protestante que predica el amor y el acceso directo a Dios, sin dejar de sentir cierta fascinación por las imágenes de santos y vírgenes perpetuamente inmaculadas.

Cuando nadie me miraba, usaba mantos para disfrazarme de madonna piadosa digna de alabanza, a punto de ser arrebatada hacia los cielos en un éxtasis de iluminación.

13.

¿Va a manejar? No, yo la llevo, ¿cómo va a manejar así?

¿Así?, ¿Así cómo, Treviño?

Sólo tenía el mentón un poco hinchado. Suficiente era la vergüenza de tener tres trocas apostadas afuera de la casa del primo de Adán, y a Treviño del otro lado de la puerta de la recámara, como para que todavía se atreviera a opinar sobre mi aspecto.

Estaba cansada pero era un asunto sólo mío.

Vamos a la casa de Max.

¿No vamos a su casa?

No, a la casa de Max.

¿Así como andas?

Shhtt, puse un dedo sobre la boca de Adán.

Cuando llegamos, Max también opinó.

You look like crap.

Español, dije, pero los amigos no son como los empleados, no obedecen.

No necesito tu equipo de seguridad rodeándome para atravesar el jardín.

Es para que la gente sepa quién eres, porque así como vienes…

No necesito que tus invitados sepan quién soy.

Yo sí necesito que sepan que viene entrando a mi casa Lucy Quintanilla. Lo bueno es que aunque te ves como mierda, se ve que eres de la cara.

Siempre me gustó la segunda planta de su casa, con esa terraza interior que permitía ver toda la fiesta sin tener que involucrarse en ella. Me gustan esas fiestas en casa de Max en las que puedo dormir entre la música, dormir y seguir de fiesta.

¿No necesitas que te prestemos algo, ropa, por ejemplo?

Ah, él es Adán, de la escuela. Él es Max.

Yo también soy de la escuela, pero de la primaria.

Estábamos acostados en una tumbona enorme Max, su novio alemán, Adán, yo, una chava que no supe cómo se llamaba pero como traía un vestido vintage y peinado de caireles, me cayó mal.

¿No nos podemos quedar nada más los de confianza?, le dije a Max cuando la chica se puso a mi lado.

Se me olvida que te encelan todas las mujeres, mi vida, tan linda, tan tonta, tan princesita, dijo Max y se me lanzó encima besuqueándome.

Muerta de risa, hacía como me resistía. Adán nos miraba de reojo, sin saber qué era lo que estaba pasando.

Pero que venga mi rubia. Y no es cierto que me encele de nadie.

Ay, tu rubia. Mírala, ahí está restregándosele a un puberto.

¿Y por qué no viene a saludarme? ¿No me vio pasar?

Porque ya sabe que eres una mamona.

Me quité de encima a Max y me asomé por el barandal.

¡Rubia! ¡Ven, baby!, le grité agitando los brazos. No que no inglés.

Nunca he sabido su nombre, le dije a Max.

Para qué quieres saber, ni lo vas a poder pronunciar.

Perdón pero mi inglés es perfecto, que no lo use es otra cosa.

Mi rubia subió corriendo las escaleras. Traía un vestido dorado ultra corto, ultra ceñido, sin tirantes. La senté entre Adán y yo. La abracé, la olí. Era como una muñeca. Nunca me había quedado claro qué función cumplía en la vida de Max, pero siempre estaba alegre y por eso me confortaba. Sentí ganas de que ella me abrazara como horas antes había necesitado de los brazos de Adán y poco antes de los de Rosso.

Rubia, abraza también a Adán, es guapo y te va a caer muy bien.

Cuando Lucy se pone amable es hora de encamarnos todos.

Max, ¿te callas, papito?, por fi. Suéltame los cachetes. Y mira, la rubia trae menos ropa que yo.

Pues sí, pero es un vestido, ¿tú que traes?, ¿la sudadera para correr de tu papá? Y cuánto a que ni traes calzones.

Tomé la mano de Max y me la puse en la nalga.

Ay, el gym. Presumida.

Adán se veía incómodo, pero siempre habíamos jugado así Max y yo. Max, mi niña.

No es de mi papá, es de Rosso.

Y todos sabemos quién es Rosso porque…

Rosso es un compañero de clases de nosotros.

Es un poser pendejo.

¡Así que hablas!, le dijo Max a Adán.

¡Ah!, sí, se me olvida que ya eres toda una universitaria, ¿no te da penita ir a la escuela pública?, ¿qué necesidad había de que saliera en todos los periódicos?, me dijo Max.

Tu fiesta no prende, se va a decepcionar Adán.

¿Ves que está hasta el culo y todavía quieres más gente? Rubia, trae más pitos, porque a esta morra no le gusta que haya tanta nalga. Y baila, porque la Lucy ya se aburrió.

¿Bailo?, dijo mostrando una gran sonrisa, y comenzó a simular que el marco de la puerta que teníamos detrás era un tubo de pole dance, pero se caía de drogada y mejor se sentó en el suelo. Le marcaba con su iPhone a no sé cuánta gente.

Su voz era suave y tan dulce que me di cuenta de que nunca la había escuchado hablar. Siempre había sido "la rubia", estaba ahí para que las fiestas que duraban días se animaran, para que los muchachos estuvieran contentos.

Desde alguna vez que había intentado besarme yo le decía "mi rubia", que cualquier día me la llevaría, que iba a preferir estar conmigo que con Max porque estaba enamorada de mí.

Adán me preguntó al oído si quería bajar a bailar.

No. Estoy cansada.

Después de tantas horas de carretera y alcohol, sólo quería dormir, ahí, entre ellos. Quería su cercanía, su calor, la música estruendosa que me distrajera y me arrullara y no me dejara recordar que había tenido al desierto y a Rosso y los había perdido.

Cuando abrí los ojos la planta baja estaba ridículamente saturada.

Qué buena chinga te metieron, me dijo Max mirándome fijamente.

Ya son muchos, Max, que ya no venga más gente, no era cierto que faltaba ruido, nada más te estaba chingando.

La voz tan quedita de la rubia pidiendo en un torpe español que ya no dejaran pasar a nadie contribuyó a mi sensación de ensueño.

Nunca antes la había oído hablar. ¿De dónde es?

Es que antes no hacía nada. Pero luego se empezó a aburrir y aprendió español. Por eso la pongo a hacer cosas.

¿De dónde es?, preguntó Adán.

No me acuerdo. De alguno de esos países impronunciables que ya no existen. Supongo.

Es rusa, insistió Adán.

Yo creo.

Ven, mi rubia.

Me la senté en las piernas, la arrullé.

Qué botanas se ven, parecen muñecas de esas de cajita. Tú estás más chiquita que la rubia.

Era como si todos tuviéramos sueño. Era como si se tratara de Navidad y estuviéramos entre familia y compartiéramos un sillón mugroso y viéramos juntos televisión, como en las películas gringas. Supongo que lo dije en voz alta porque comenzamos a hablar de las Navidades y todos nos reíamos de las cosas que nos habían regalado. Cerré los ojos. Soñé que estaba en *La dolce vita* y era Nico, la rubia sueca que se lleva a Marcelo Mastroianni a una fiesta de la realeza. En un castillo viejo, sobre una mesa, rodeados de gente, Marcelo y yo nos besábamos y nos desnudábamos. Entonces dejaba de ser la rubia y ya no besaba a Marcelo, sino a mi rubia. Y mi rubia era Nico y sus besos eran cálidos, de un olor suave. Su lengua era acojinada y yo quería dormirme en ella. Mi rubia no tenía nombre, eso fue lo que me desconcertó, por eso desperté para descubrir que era Adán quien me besaba.

¿Cómo se llama?, le dije.

¿Yo?

No. Max, ¿cómo se llama mi rubia?

Pregúntale.

Pero entonces, como se habían reído diciendo que a la rubia de Navidad cuando era niña le regalaban una trucha entera porque a sus hermanos ya los habían vendido, mi rubia se puso a llorar. No sé qué tan avanzado llevaban el chiste, pero aun diciendo estupideces, algo habían lastimado muy dentro de mi rubia. Yo había visto que la encueraran, la drogaran, se la pasaran de una verga a otra, la hicieran comer y aspirar coca del piso. Pero nunca la había visto llorar.

Ya déjala, cabrón.

Let her go, dijo el novio de Max.

Qué maricones todos, no sé de qué chingados te asustas, Lucy, como si en el negocio de tu papá trataran con mucho respeto a las rucas.

De qué chingados hablas, puñetas.

De nada. Les iba a contar que cuando tenía cinco quería ir a Disney y en lugar de eso me llevaron a Alemania, con el argumento de que era lo mismo pero más chido, porque eran los castillos reales de las princesas, nos contó Max tratando de cambiar de tema.

Mi rubia volvió a sentarse, acurrucada contra mí, y la abracé.

No sé qué castillo habíamos visitado en mi sueño Marcelo, mi rubia y yo. Pero quise volver ahí, ser diminuta y dormir en esa boca, ser una pastilla sublingual que a la par que se disolvía le daba a esa chica extranjera la felicidad.

Luego que por qué los niños se hacen jotos, porque desde chiquillos los hacen soñar con las princesas de Disney, dije con afán de molestar.

Sí, pendeja, luego por qué otras se hacen amargadas, porque quieren cosas súper necesarias como un tigre blanco y les regalan uno amarillo, dijo con afán de chingar más.

Cállate ya.

Aunque me lancé sobre él para taparle la boca, se puso a contar, mientras los demás reían, que para mi cumpleaños pasado le había pedido a mi papá un cachorro de tigre blanco, pero que no lo habían conseguido a tiempo, y entonces me llegaron con uno amarillo. Que había hecho un berrinche en frente de todos diciendo que qué vergüenza, que no lo quería, que los tigres amarillos eran de narco.

A horcajadas encima de él, quería taparle la boca, pero él forcejeaba conmigo y me detenía las muñecas sin dejar de reírse ni de contar. Desde niños nos peleábamos así.

Y entonces esta pendeja estaba llore y llore que se había arruinado su fiesta. Que eso era de narcos, que si eso era *Scarface*, o qué.

No le permito a nadie hablar de mí, bueno o malo, no se lo permito a nadie, y Max lo sabía porque me conocía de toda la vida.

¿No te vas a callar, puto?

Y ahí tienes al señor gobernador soltando cachetadas y diciendo que iba a echar a la jaula al pendejo que había traído un tigre amarillo, y que lo iba echar con todo y tigres y leones y cuanta fauna hubiera en Nuevo León. Le salió lo Lobo.

Si algo odiaba, era que hablaran de mí. O hablaran de él.

¡En tu etapa buga te cubrí las espaldas, cabrón!, ¡me fingí tu novia dos putos años así que ya cállate!, ¡tú menos que nadie puede hablar de mi familia, ustedes nos deben todo!

Cuando se me acabó lo que tenía que gritarle, le solté como pude un puñetazo en la cara.

Woah, woah, woah!, gritó el novio, que no sé si era alemán o gringo.

A Max le salió sangre de la nariz. Yo iba marcándole a Treviño mientras bajaba llevándome a Adán de la mano.

Qué, le pregunté aún enojadísima mientras subíamos a la camioneta, ¿no está más divertido esto que las fiestas de las pinches gordas del salón?

14.

Que dice su papá que si va a bajar a desayunar.

Pero si me acabo de acostar.

Eh... bue... este... ¿quiere que le diga que está enferma?, la voz del otro lado de la línea sonaba frágil.

No, ya voy, ¿cuánto tiempo me dio para llegar?

Diez minutos.

¿Cuánto cabe en diez minutos? ¿La regadera, el maquillaje, la ropa, la sonrisa forzada, la alegría falsa, la tristeza de no haber despertado junto a Ferrán ni junto a Rosso ni junto a Adán?

Bajé y papá hablaba por celular.

Me vienen aquí a aventar los muertitos, no son nuestros, los aventaron. A ver si se van llevando sus chingaderas porque lo más fácil es aventar y deslindarse de responsabilidades.

Me senté a la mesa, aliviada de que papá estuviera distraído en su llamada y no se diera cuenta de que llegaba tarde.

Y ya no me hablen ahorita, estoy desayunando con mija. Arreglen eso.

Terminó la llamada abruptamente sin que hubiera alcanzado ni a llevarme un sorbo de café a la boca. Le sonreí. Ahora vendrían los reproches: el desierto, las clases, Rosso en la casa.

Mija, me puso la mano en la mejilla.

Mija, qué es esto, movió mi barbilla para mirarme mejor.

Me caí.

Pues ya no ande de pendeja, mija, fíjese dónde anda, me miró por encima de sus lentes con una cara seria, como si él sí supiera por dónde iban mis pasos.

¿Cómo estás, papá?, dije soltándome.

Decía que la situación, el país, los ineptos, los medios tan bestias. Yo miraba cuánta comida quedaba en su plato, para ver cuánto tiempo me faltaba para desmaquillarme y volver a meterme en la cama. Entonces llegó mi abuela y, como si fuera un gesto cotidiano, se sentó con nosotros. Ni papá ni yo le dijimos nada, hacía años que no cruzaba palabra conmigo.

Y ese muchacho que viene a la casa qué.

Es un compañero de la escuela.

Ahora papá tenía varios caminos para sermonearme, mi desatendido taller de periodismo, Rosso, el desierto… pero no fue papá quien habló, sino mi abuela.

Luego los muchachos se roban a las muchachas. Esos, los guapos, son los que más se las roban, como ese que traes tan pálido y flaco que parece una veladora, ¿no estará enfermo?, dijo y tomó un pan francés del plato de mi papá.

Él y yo sonreímos. Papá pidió unos chilaquiles al ver su plato vacío.

¡¿Y por qué las tortillas de harina están todas masudas?!, reclamó mi papá.

Es que tuvimos un pequeño accidente en la cocina, se ruborizó la mesera.

¿Cómo que accidente?

Es que la gatita andaba en la cocina y le mordió el pie a la muchacha que hace las tortillas, y a nosotros no nos quedan como a ella.

Papá reclamó que por una mordida de gata hicieran tanto desmadre.

Este… fue la gatita de la niña… la tigra. Estaba jugando, fue sin mala intención, pero a la muchacha se le veía el hueso y la tuvieron que llevar al hospital.

¡Con una chingada!, iba papá a empezar a gritonear, de buenas que lo interrumpió mi abuela.

¿Es tu esposo? Todavía me acuerdo de tu boda, bien bonita.

Qué felicidad ser mi abuela y nadar todo el día en drogas.

¡Respeta, chingado! Tu abuela no se droga, es la edad.

Uy.

¿Por qué no te vas conmigo los días que no tienes clases?, papá se empezaba a abrumar.

No sé. Me da igual estar donde sea, en ningún lugar me hallo. No soy feliz en ningún lado.

Estás aquí porque quieres, sabes que estamos mejor en Houston.

No, gracias.

Me csallé porque me sentí incómoda de hablar con mi abuela ahí al lado. Ella aprovechó el silencio para continuar.

Era bonita. Una muchacha así, cualquiera. Bonita, pues. Su pelo negro a la cintura. Ya ves cómo es tu papá, hablaba mirando fijamente a mi padre.

Me contaba a mí pero lo miraba a él.

Que se la roba y yo le dije: Bueno, cómo me vienes a meter aquí esta muchacha a la casa. Ya su papá no la va a querer de regreso. Pues tuve que ir y dar la cara. El señor era así como uno, humilde, de campo, como uno. Muy trabajador el señor, muy sencillo. En todo el rancho no le debía nada a nadie. Era un hombre de esos de palabra, como era antes.

Papá empezó a carraspear, impaciente.

Ya, mamá, tengo que hablar con la niña.

Fui y le dije: Don Damián. Damián, se llamaba el señor. Don Damián, pues ya ve lo que pasó, son cosas de muchachos. Y me dice: Pues sí, que eran cosas de muchachos. Ástrid ya se iba a casar, ya estaba pedida, pero cuando tu papá se hizo maestro ella se le metió entre ceja y ceja. Fue ella la que lo buscaba.

Mamá, ya le tocan sus medicinas.

Llegó la enfermera de mi abuela y a una señal de mi papá, se la llevó.

¿No que no se medica?

Quién sabe qué iba mi abuelilla cante y cante. Muy contenta ella, como si ni se mortificara porque la hubieran corrido.

Siempre le dice Estrellita y ahora le dice Ástrid.

Hace años que no sacaba sus cuentos, dijo papá para dar por terminado el asunto.

No le gusta hablar conmigo, pero le gusta contar las cosas para que yo las oiga.

¿Y Ferrán cómo está?, papá cambió de tema rápidamente.

Bien, bueno, estresado por su película, pero bien.

Me pareció tan raro que papá me preguntara por él. Ni siquiera pensé que recordara el nombre de mi chico.

Yo que más quisiera que ya te establecieras, que iniciaras una familia. Uno nunca sabe lo que pueda pasar y me preocupa que un día yo te falte y te quedes sola. ¿Te vas a casar con ese muchacho?

Obvio no. Cásate tú.

No es lo mismo. Yo ya estoy viejo, yo ya tengo una hija, una mamá loca, las histéricas esas de mis sobrinas. ¿Tú qué? Ni con tu abuela te llevas. El día que te falte yo te vas a quedar sola.

Sacó la cajetilla de cigarros y encendió uno. Antes de que yo dijera algo, lo apagó.

Perdón, la costumbre. Con eso de que nunca estás aquí.

Papá flaco con panza ya se veía cansado, canoso, agotado pero correoso como él solo. No era cierto que me iba a faltar algún día.

Pensé en Ferrán y su vida lejana a la mía aunque compartiéramos una cama, sus preocupaciones que a mí nunca me habían parecido relevantes, su necesidad de validación que siempre me había resultado tan ridícula.

Un tequila, y otro para la niña.

Papá, no quiero, estoy crudísima.

Se ve.

Y bueno, el tema Ferrán no quiero hablarlo contigo. No quisiera que me juzgues, ni que te andes preocupando por mí sin razón.

No le dije que no tenía caso hablar de eso con él, porque no entendería nada.

No, mija. Qué te voy a juzgar yo, qué me voy a andar asustando por lo que me cuentas. Si alguien te conoce bien es tu padre. Lo que yo no quiero es que estés sola. Cualquier día falto yo, ¿y qué vas a hacer? Necesitas un hombre. Uno. Uno que te quiera y se haga responsable por ti, pero andas de acá para allá, y así cómo.

Así cómo… Estoy bien, me cuido sola.

No ha habido un solo día en tu vida en que te hayas cuidado sola. No tienes idea de qué es eso.

No me molestó su risa. Pero en cuanto terminara ahora sí vendría el regaño por el desierto, por la escuela, por Rosso…

Me sentí niña de nuevo, como el día que me había enseñado lo que son las balas. Recordé cada una de sus palabras, de sus gestos.

¡Ástrid, puta madre, que saques el dedo del gatillo!

Soy Lucy, papá, no me cambies el nombre, le había dicho en aquella ocasión ante aquel nombre que nunca volvió a mencionar.

Fue lo que dije, chingado, qué más voy a decir. A ver... ¡Treviño!, iba subiendo cada vez más el tono de su voz, como si con sus gritos pudiera callar lo que había dicho antes.

A ver, mija, guardia baja, acuérdate siempre. El dedo no se mete en el gatillo antes de tiempo porque se te puede ir un tiro.

Puso el proceso en pausa, me hizo respirar profundamente como si yo fuera la nerviosa, y volvimos a empezar:

A ver, ¿cómo se agarra la pistola?, me preguntó Treviño al ver alterado a mi papá.

Papá ya se había ido renegando, pateando piedras, azotando las ramas. A los muchos minutos volvió, ya tranquilo, fingiendo estar de buen humor.

Listo, cabrona, ¿ya aprendiste?

Es que me duele el brazo.

No, Lucy, cuando uno quiere algo no se queja, ¿quieres aprender o no?

Sí.

Tenía cinco años cuando supe que mi madre se llamaba Ástrid. Evoco su nombre y me llega un olor a pólvora.

15.

Y todos estos años su nombre de pólvora había estado escondido en mi mente.

Debió ser por el arsenal que tenía mi papá sobre la mesa y que mandó retirar cuando llegué.

Quizá fue por mover de lugar algo que ocupaba tanto volumen en mi cerebro.

Tal vez por la intromisión de mi abuela a quien hacía años no veía.

Por la sentencia de mi padre de que no me dejaría volver a Roma hasta que tomara en serio el taller de periodismo.

La tibieza de Nadja sobre mi regazo y el encanto roto en cuanto me mordió la mano.

O que papá no dejaría que me trajeran a Gretel para poder cuidarla yo misma.

La muy a la ligera llamada de atención por lo del desierto, que me dejó ver que papá ni se había enterado de lo de las trocas ni de lo de los malos.

Esa sensación de tener veintiún años y seguir siendo tratada como una niña.

Porque, ¿cómo puede madurar alguien a quien se le oculta el nombre de su madre?

Fue su nombre, mi abuela, Gretel, las palabras de Rosso recordándome que jamás podría irme.

Vomité en cuanto me puse de pie para volver a mi recámara. La migraña era una mancha que se inflamaba, se ponía como cortina sobre mis ojos, tomaba mi cuello y no me dejaba respirar.

Treviño me llevó cargando al cuarto, no tardó el médico en llegar. Me inyectó y casi de inmediato caí en un profundo sueño.

Me veía correr por un prado de un verde totalmente inverosímil, casi lima, casi naranja, como de foto con filtro de Instagram, como de esas fotos de hace años que uno ve y jura que en ese entonces era plenamente feliz, aunque no sea cierto.

No me veía a mí misma, pero sabía que corría con uno de esos vestidos de encaje que me mandaba a hacer la abuela.

No veía más que todo lo verde de los bosques del sur de Nuevo León y el aire era fresco.

No se vaya a caer la niña, decía mi abuela, mientras yo seguía corriendo, creyendo que llegaría a algún lado.

Y por alguna rara razón, mientras corría a ratos, mientras avanzaba a caballo, oía su voz:

Era muy bonita mija, la Estrellita, cómo no me iba a doler verla pasar tantas penurias. Cuando se la robó Eleazar no tenía nada, no tenía un peso. Me la trajo en la noche y me dijo: Ahí se la dejo, amá, nos vamos a casar. Y al rato me acompaña porque vamos a pedir su mano. Y era una cosita tan menudita, que yo creí que cualquier día se nos rompía.

No se vaya a caer la niña.

Eleazar no la quería al principio, pero ella ahí estuvo, ahí estuvo, hasta que se le metió por los ojos, hasta que se fugaron juntos, ese día que me la llevó a la casa.

No se vaya a caer la niña, seguía diciendo mi abuela, entonces me di cuenta de que ya no corría, iba montada en un caballo, me sujetaba de sus crines, y cada vez el aire era más cálido.

Si yo no sé qué le viste a esa muchacha, puros problemas que daba, paría hijos como si pariera perros. Yo sabía que en cualquier rato se iba a romper.

Ya cállese, mamá, oí la voz de mi padre.

Desperté.

Bien sabes lo que digo, paría hijos como si pariera perros. No quieres que lo repita porque es la verdad.

16.

Era octubre y era verano, otoño e invierno. Todas las estaciones en una misma semana. Cuando llegué a la Facultad encontré a Rosso sentado en los escalones a pesar del frío. Lo besé en la mejilla ignorando a las gordas que lo rodeaban, y me senté a su lado.

¿Tienes frío?, temblaba y Rosso se dio cuenta.

Poquito.

Tomó mis manos para calentarlas, pero sus manos estaban más frías que las mías. Sus amigas las gordas me miraron como si les estuviera robando algo. Simplemente no las soportaba. Cuando se juntaban hablaban de trabajos comunitarios, de sus perfectas vacaciones imaginarias sembrando papas en Cuba. Rosso se exaltaba oyéndolas, y hablaba de luchas sociales, de la necesidad de despertar las conciencias para hacer avanzar este país, de la esperanza, de la educación... y a mí me daba envidia que sus playerillas relavadas y sus tenis de imitación le gustaran a Rosso. Me daba envidia pensar que pudieran irse todos juntos, sin mí, a sembrar papas. Lo que yo pudiera decir a las chicas que creían en volantes y manifestaciones no les importaba; lo que ellas pudieran decir, para mí equivalía a creer en unicornios y tesoros al final del arcoíris. Por eso me puse los audífonos y seguí esperando mientras llegaba el profe Cecilio, quien había entendido que yo jamás tendría talento para conversar con nadie, mucho menos para cubrir una nota, y la única tarea que me asignaba era la de transcribir entrevistas. Era una labor mecánica muy entretenida, no tenía qué pensar, no tenía que hablar con los compañeros, sólo me mandaban sus audios por correo y yo les regresaba los textos.

Pero no me libraba de la sensación de incomodidad. Me irritaba que Rosso considerara que con esas gordas ordinarias pobres podía tener una conversación interesante, y conmigo no.

Ahora hablaban de otro destino hípster, Oaxaca, y Rosso, tratando de integrarme a la conversación, me preguntó si me gustaba.

No conozco Oaxaca.

Ante su mirada interrogante, contesté:

No hago turismo nacional. Por seguridad.

Al unísono, las gordas se rieron de mí.

Me sentí herida. Había sido honesta y sólo había conseguido que se burlaran. Me repegué más contra Rosso. Él me abrazó y al oído me dijo:

¿Y qué dicen las cosas en El Cielo?

Me lo preguntó en un tono tan distinto al día en que habíamos platicado la primera vez. Ese mi tercer día de clases me sentía tan abrumada, tan asfixiada por haberle dicho a mi padre que tomaría un taller intensivo de periodismo, tan castigada porque me mandara a una escuela pública, y tan acorralada por esas gordas que no hacían más que mirarme y estar al pendiente de cualquiera de mis errores. Tan a punto de renunciar y decirle a mi papá que eso de estudiar periodismo era un asco, que lo había dicho sólo por estar chingando, que en realidad no quería ni me importaba estudiar nada en la vida, que estudiaría dos meses, seis meses si quería, en la carrera y la escuela que él dijera, y que me dejara continuar con mi vida. Tan necesitada de volver. Tan consciente de que al subir la escaleras estarían las tres gordas juzgando mi estancia en un lugar que les pertenecía a ellas, no a mí.

Pero al subir las gordas no tenían ninguna intención de voltear a mirarme, no podían despegar la vista del nuevo integrante del grupo, del guapo, el alto, el delgado, el pálido, el exquisitamente hermoso. Como parecía ángel, bien podría ser producto de un parpadeo. Ni siquiera lo pensé cuando me senté junto a él en el escalón. Me dijo "hola" con un aparentemente tímido movimiento de labios. Ni siquiera sabía que tenía nombre, ¿cómo iba a saber que se llamaba Rosso? Quise llevármelo a la boca. Como no tenía nada que decirle le tomé la mano helada, y él, como si estuviera acostumbrado a que cualquiera llegara y lo tocara, me preguntó con naturalidad qué decían las cosas en El Cielo.

17.

Mi cielo está incompleto sin ti.

Rosso estaba dormido, o fingía estar dormido. Siempre se acostaba de lado y yo me repegaba contra su espalda fría.

A las cuatro de la mañana marcó Ferrán.

Un chico que ríe acostado en el piso mirando hacia arriba. Un chico que esquiva mi mirada y se retuerce por las cosquillas que le hago mientras estoy sobre él. Sólo se ve su cara, su torso, sus brazos. No hay nadie más feliz. Es su fotografía que aparece cuando me marca.

Me gustaba que llamara a esa hora porque así yo despertaba un rato y volvía a quedarme dormida. Era como dormir dos noches y vivir un día.

Le conté que había vuelto a las clases, que todos mis compañeros estaban ocupados haciendo entrevistas sobre trabajos que no generaban impuestos; que la investigación de Rosso era sobre carretoneros, gente que recogía basura en un carrito tirado por un caballo; que yo no tenía una investigación asignada porque cuando le había comentado al profe Cecilio que mi amigo Max tenía un buffet de abogados dedicado a evadir impuestos, se había puesto pálido y me había dicho que con transcribir las entrevistas de mis compañeros ayudaría mucho al grupo. Ferrán me preguntó si estaba segura de que volvería en dos semanas y me platicó que Gretel había aprendido a abrir con la trompa un pequeño portón que le impedía el acceso del patio a la cocina. Luego me preguntó con quién estaba.

Con lui. È qui con me.

Ferrán me había hecho jurarle que jamás hablaríamos en español frente a terceros. Con mucho celo cuidaba que nadie supiera que había nacido en Colombia. Ya se había inventado una familia, una infancia, un nacimiento en Roma. Tal vez más que tratar de convencer a los demás, trataba de convencerse a sí mismo: él era tan italiano como el que más.

Me preguntó cómo era.

Bello. Bellìsimo come ridere.

Me apreté contra Rosso, contra su olor a tabaco y sus mejillas y Ferrán se despidió cuando apenas comenzaba a contarle que había ido a una fiesta y no había estado tan divertida.

¿Por qué le pegaste a Max?, me preguntó Rosso despertando y, para mi sorpresa, volteando hacia mí en un abrazo.

¿Qué?

Que cómo estuvo eso de que le pegaste a Max Garza.

¿Quién dijo eso?

Adán.

Pero si tú ni le hablas.

Se lo dijo a todo el grupo.

Me ardió la cara, sentí inflamada la garganta, irritada. ¿Qué tenía que andar contando Adán acerca de mí?

¡Por eso! ¡Yo qué te hice!

Me percaté de que tenía las uñas encajadas en el torso de Rosso. Lo solté.

Perdón. No me di cuenta, no, yo. Sorry. Perdón.

¿Sorry? Nunca dices "sorry".

¿Qué dijo el pendejo hijo de puta de Adán?

Nada, no te hizo quedar mal, al contrario, dijo que el imbécil de ese wey había estado molestando a una muchacha y que te enojaste y le rompiste la nariz. Fue todo. No es como para tanto.

¿Y qué más dijo?

Eso, y que era una fiesta de gente muy híper ultra mamona pero que tú ibas en sudadera y sin calzones.

Hijo de puta.

No te enojes, te hizo quedar muy bien, todos en esta ciudad hemos querido golpear a Max Garza en algún momento, ¿o no?

Lo odio tanto.

¿Por qué?

Porque nadie tiene por qué hablar de mí. Nadie. Nunca. Él no es nada mío para que tenga derecho de mencionarme. No voy a volver a esa estúpida escuela de mierda generadora de pobres. Pinche gente jodida sin quehacer, ¡bien dice mi papá que los periodistas son una bola de parásitos!

Uy.

No voy a volver a esa pinche escuela de mierda. No voy a volver.

No sé por qué sonreía Rosso, qué le causaba tanta gracia.

Es que nunca hablas tanto, no entiendo el motivo del coraje.

¡Es que no voy a volver!

No tenía caso que le explicara. Me abrazó, dijo que era una histérica, que si los problemas de todo el mundo fueran tan ridículos como los míos, la tierra se tornaría color rosa y nubes de caramelo sobrevolarían la ciudad.

Perdóname, pero tú eres más nena que yo cantando "La era está pariendo un corazón" y no sé cuánta pendejada. Ser como las gordas y como tú es tan penoso porque por más que estudien y sueñen y se manifiesten, terminarán siendo oficinistas que darían lo que fuera porque alguien como mi papá les dé trabajo.

Rosso se ofendió.

Quesque la era está pariendo un corazón, ¿cuál era?, ¿cuál corazón? ¡La era no está pariendo nada!

Rosso puso cara de confundido.

Y todas tus amigas las gordas son una bola de remedos de hípsters, porque son tan pinches pobres que ni a hípsters llegan, mejor deberían trabajar en una estética a ver si así aprenden a maquillarse. Y a tragar, y a caminar porque no saben hacer pinches nada.

Pensé en salir pero me dio flojera atravesar toda la casa. Además, aunque saliera de casa, estaba enojada con Adán y con Max. No tenía a dónde ir. Necesitaba más amigos. Se me había ido el sueño.

Pensé que Rosso estaría enfurruñado hasta el día siguiente, por eso me sorprendió cuando dijo:

Hablando de gordas, de parir, y de hípsters... Amalia está embarazada.

¿Y que las gordas estén embarazadas es mi problema por...?

No las gordas, sólo Amalia.

Pinche irresponsable. Primero que consiga en qué caerse muerta. Esas mujeres sólo viven para multiplicarse.

¿Esas mujeres?

Las mujeres. Todas.

¿Tú también?

Qué pendejada, le dije.

Dudé.

Hagamos un hijo y que se llame Joy Rosso, le dije.

Joy. No podría haber nombre más bello en todo el mundo. Vivir y estar lleno de esa alegría de la vida. Yo no podría nombrar a nadie así. A menos que el hijo no sólo fuera mío, sino también de Rosso. Joy. La única palabra en inglés que me gustaba era ésa. Y sería un motivo de felicidad, ya no estaría sola nunca.

Así como Joy Division, insistí.

Si el pendejo de ese grupo no se hubiera suicidado, nadie hubiera sabido de su existencia ni de sus canciones.

Qué pinche insensible. Con ese comentario te ves bien mamón, envidioso, irrespetuoso y resentido con la vida.

Ah, chingá, volvió a decir Rosso.

Un hijo o una hija para que se llame Joy, insistí.

Me contestó que qué pinche fastidio tener que salirse al balcón cada vez que quería fumar.

18.

Monterrey se quedó chico porque no tiene para dónde crecer. Alrededor están San Nicolás, Apodaca, Escobedo, Guadalupe y otros municipios que lo aprisionan. Esos municipios sí crecen, sin freno y caóticamente.

Antes de la caseta a Reynosa, entre Guadalupe y Apodaca, hay una colonia de carretoneros donde Rosso se metió para hacer unas entrevistas.

Me gusta su voz, pausada y fuerte.

¿Y sí les mandaron la ayuda prometida?

Nombre. Pusieron una barda muy bonita que los que pasen por la carretera no vean pa dentro, pero aquí hay puro mugrero, no hay ni pavimentación, no hay ni drenaje. Ahí van, mire, los que van a gastarse el dinero a McAllen, y de este lado estamos los que vivimos en casas de cartón.

La entrevista se cortaba ahí. Me pareció raro no encontrar ningún otro audio en ese correo de Rosso. Pensé que quizá me lo había enviado Amalia, ya que ella solía acompañarlo.

Comencé a oír los archivos que ella me había enviado. Semanas de audios que había ignorado deliberadamente. Su proyecto era una tontería: entrevistaba a adolescentes que trabajaban en ferias y mercados vendiendo maquillaje. Les preguntaba dónde habían aprendido a maquillar, si tenían educación formal, cuánto ganaban, y cosas que ni al caso, como sus sueños.

Amalia tenía una voz arropadora que brindaba confianza. Una voz dulce, no como cuando me hablaba a mí.

Lo que yo más quiero en el mundo es ganar suficiente para poder operarme a ver si así puedo tener hijos, y que mi novio vuelva conmigo.

No sé qué laberintos recorría Amalia, pero siempre llegaba a confesiones tan íntimas como ésa.

En la búsqueda, al fin llegué a una entrevista donde se oía la voz de Rosso, pero no preguntaba. Afirmaba.

Ya no le gusta bailar conmigo.

Cómo no. Nada más que me traigan mi vestido, que me arreglen.

Me sorprendió oír la voz de mi abuela en ese archivo enviado por Amalia, seguramente por error.

La abuela contaba que iba a ir a una boda de las bonitas, de las de rancho.

¿Va a ser la reina del baile?

Uy, si me vieras hasta tú me sacabas. Hasta me robabas.

Se oían entonces risas.

Me interrumpió una llamada de mi papá. Me reclamó el ocio y que había faltado a una cena de caridad a la que tenía que ir.

Y ya te había dicho que no iba a ir nadie por la pinche borrega, y por tus huevos mandas al otro pendejo por la pinche cabra prieta esa. Aquí tienes todo el rancho, mija, no me salgas con jaladas. ¿Habíamos quedado en que acabaras pronto el taller y hacías lo que te daba la gana, o no?

Ajá.

¿Y cuándo terminas el mentado taller? El tiempo que te queda no quiero que faltes, y que nomás te comportes y vayas, no me importa que no aprendas nada. Y la pinche gata, para qué la querías si la tienes bien abandonada.

Se pone violenta, no me quiere.

Me vale tres kilos y no te quiero decir ni de qué, primero ahí estás chingue y chingue que un tigre amarillo no, que blanco, y luego ahí está y no la pelas.

No se puede dormir conmigo, me sacaría los ojos. ¿Ves por qué necesito a mi Gretel?, papá, ¿qué te cuesta que me la traigan?

Ahí tienes al otro gatito mandilón para que se duerma contigo.

¡Papá!

No es la borrega, es que después de la prepa no has estudiado ni una sola cosa ni durante dos semanas seguidas. Ya quisiste ser chef, fotógrafa, diseñadora... estudia una pinche cosa durante dos meses y te dejo de estar chingando, de jodido hasta que te case y ya no tenga que preocuparme por ti.

Levanté las cejas.

Espero que estés bromeando.

En lugar de contestarme, me dijo que ya estaban preparando la casa para mi cumpleaños. No me había percatado del paso de los días ni había asimilado que se acercaba mi cumple. Ese año había planeado ir a la playa con Ferrán, pero por lo visto, no iba a ser posible.

No quería hacer nada, no quería festejar, y mucho menos con esa gente que iba a las fiestas de mi papá. Le dije a papá que si me hacía una fiesta dejaba de ir a la escuela, y cedió.

Cuando colgué, le marqué a Rosso y le dije que eligiera un lugar para mi cumpleaños.

Sorpréndeme, le dije.

Te voy a llevar a El Cielo. Al otro, me contestó.

19.

Estaríamos en el Caribe para mi cumpleaños. Un cumpleaños de uno o dos meses en alguna isla de Puerto Rico. Ferrán se fastidiaría a los pocos días y me dejaría festejando sola. Para Navidad tendría qué decidir si visitar a papá, a Ferrán, o seguir en mi rincón cálido del mundo.

En vez de eso, para mi cumpleaños tendría una ciudad que no me acepta y una clima tan voluble como mi ánimo.

20.

Si tu cariño se acabó estoy tranquilo corazón, al fin que nunca comenzó.

Era un lugar con música de esa que le gustaba a Treviño.

No mames, qué chingón está aquí.

Me dijiste que te trajera a donde yo pasaría mi cumpleaños, no tienes que ser sarcástica.

Pero no estaba siendo sarcástica, los pelados con sombrero, las mesas de Carta Blanca, la música, el estilo norteño retro... No estaba siendo sarcástica, la música me hacía volver a la infancia, a la casa de Treviño y su ex mujer, a mis escapadas de la casa grande cuando la abuela no se daba cuenta, a las galletas que horneaba Romina, al abrazo de sus perros, a la ilusión de pertenecer a una familia normal.

Anoche soñando estaba que contigo me casé, y después por la mañana, y después por la mañana, cuando desperté lloré.

No mames, me sé todas las canciones.

Felicidades, si quieres te doy una medalla.

Ven, y vuélveme a besar, acércame a tu piel, ayúdame a olvidar la inmensa soledad que se adueñó de mí ahora que no estás.

¿Por qué no te puedes llevar bien con los del salón? Saldríamos todos y estaría con madre.

No me arruines el momento, papito, porfi. Gracias.

Rosso andaba de mamón pero cuando sonó mi celular me sujetó de la mano y no me dejó salir a contestar. Me sentó en sus piernas mientras yo hablaba con Ferrán.

¿Para qué me engaño?, nunca cambiarás mi vida. ¿Para qué me engaño?, no eres lo que yo creía. ¿Para qué me engaño?, si te quiero todavía.

Te encantaría estar aquí, me encantaría que pudieras ver este lugar.

¿Por qué mientes?, me preguntó cuando colgué, poniéndome los labios en el cuello, ¿por qué ya no le dices cuando estás conmigo?

No es el momento. Está desanimado por una nota muy cruel que salió de su película.

Pobre nene triste, tiene problemas.

Mamón.

Habían sido los ojos de Ferrán, tan profundos y tan negros, los que me habían dejado saber que él estaba solo como yo. Y cuando lo conocí me juré a mí misma que a él no iba a dejarlo, que con él me bastaría, que no habría uno más después de él... pero puede negarse todo, excepto lo que se es.

¿Por qué me matas siempre que me miras? ¿Por qué llevaste al fondo así mi vida? Si yo nunca te dañé, nunca, nunca, nunca.

El grupo en vivo terminó su acto y poco a poco se disolvió. La gente también comenzaba a irse.

La música se había acabado. Rosso se adueñó de la rockola.

Pon esa de Y qué hiciste del amor que me juraste, y que has hecho de los besos que te di.

Pero Rosso hizo lo que le dio la gana: programó la rockola para que pusiera varias veces seguidas la misma canción de Los Fabulosos Cadillacs. Vamos mi cariño que yo cambiaré, esta noche cambiaré, te juro que cambiaré, gimoteaba Rosso una y otra vez.

Y esa canción qué.

Me gusta.

¿Por qué?

Porque es muy bonita.

Rosso se esforzaba por arruinarme el cumpleaños. Nunca entendí por qué Rosso era tan nena, y por qué yo lo quería a pesar de eso. Y ni siquiera se hacía responsable de su propia tristeza: un día le había dicho que nos matáramos, si nuestras vidas estaban tan pinches, ¿para qué prolongarlas? Hasta la borrachera se le bajó y me pidió que nunca volviera a decir eso.

No quería irme a mi casa pero tampoco quería aceptar que mi cumpleaños había sido un fracaso. Ferrán seguía enviándome mensajes de texto y pasándome links de las peores notas que le habían sacado. Sin reparar en lo pretenciosas y ridículas que sonaban sus palabras, decía no tener la culpa de ser infinitamente bello, de haber incursionado en el modelaje antes de hacerlo en la dirección de cine, que él hacía arte, que por eso mismo nadie lo entendía ni nadie lo tomaba en serio. Su fracaso en prensa le resultaba más importante que mi cumpleaños.

Y ya borracho, Rosso lloriqueando dijo que el hijo que esperaba Amalia no era de él.

¿Y por qué chingados tenía que ser tuyo? ¿Y como por qué me importa que los de tu salón se metan qué y por dónde?

No quería pelear. Sentada a horcajadas sobre las piernas de Rosso, lo besé, y fue como si besara a un niño que no podía defenderse más que haciendo la cabeza a un lado.

Tú no me quieres.

Tal vez mi papá tenía razón: lo que me faltaba en la vida era un hombre. Nenas ya tenía bastantes.

Caminé hacia el baño. Me tenían absorta las paredes color beige cubiertas con fotos de músicos norteños. Panzones y sombrerudos casi todos, fotografiándose con, al parecer, el dueño del lugar.

Uno de los hombres que había estado recogiendo los micrófonos, con un acordeón en la mano, pasó junto a mí.

Qué bonita, me dijo.

Sólo sonreí.

21.

Me sorprendió que el baño estuviera limpio, de cualquier forma, mientras volteaba buscando un papel para no tener que tocar el grifo, la descubrí mirándome a través del espejo.

Por instinto me llevé la mano a la Glock, porque uno nunca sabe cómo reaccionar cuando tiene enfrente un fantasma, la muerte, cuando ve desde fuera el cuerpo propio revisándose el labial frente al espejo, acomodándose el cabello.

Supe que conocía su nombre, pero no lo recordaba, o mi lengua era la del olvido, y por eso no podía mencionarlo.

Cabrona, estás igualita.

No sabía si confiar en ella o en el espejo. Yo era una, dos, tres, cuatro. Ella no era mi reflejo. Yo no era ella. Ella era otra.

Ella vio que en mi lengua se atoraban las palabras, se atascaban ante una barrera invisible. Se rio.

Tan pendeja.

Tal vez con su lengua quiso destrabar mi boca, por eso me besó como se besa a lo que se ama y no se tiene.

Vine a conocerte, me contaron que ibas a estar aquí. Qué, ¿tú tampoco hablas?

Tenía mi edad o pocos años más.

Necesito que me busques. Vas a marcar este número el día que puedas viajar sola. Que sea rápido o ya no nos vemos. ¿Sí sabes quién soy, o...?

No terminó su frase. Salió. En el bolsillo del pantalón me había dejado una tarjeta que decía "A" y un número de celular. El espejo estaba justo frente a la puerta. Volteé a ver si la había visto o la había soñado y encontré a Rosso, asustado, parado en la puerta.

¿Qué te dijo?

El beso de ella era demasiado pesado para cargarlo yo sola. Tuve miedo de meter la mano a mi bolsillo y descubrir que la tarjeta había sido aire. Fui detrás de Rosso y le dejé en la boca todos mis años de orfandad.

Él me preguntó por qué estaba temblando, qué me había dicho.

Quise explicarle y no pude. Quise contarle de la belleza que acababa de presenciar, compartirle que las fotos mías que no comprendía ya tenían sentido, pronunciar ese nombre, cantar junto con él alguna de sus deprimentes canciones, decirle que era bello como nadie, que su piel helada era mi mayor imán, quise que mis últimas palabras no hubieran sido "tú no me quieres"... y no pude emitir un solo sonido.

La belleza, una vez más, no era para describirse sino para contemplarse.

Ése, mi cielo, era un momento cercano a terminar, irrepetible. Si yo hacía un solo ruido, ese espejo que reflejaba mi cielo iba a romperse antes de lo debido. Pero cuando el peso de mi silencio cayó certero, irrebatible, impostergable, sobre mí, cuando lo descubrí aprisionándome nuevamente, me solté a llorar de manera incontrolable.

Los muchachos llegaron corriendo, Treviño llegó a controlar la situación.

Qué le dijeron.

Pero yo no podía hablar.

Apenada, inutilizada, me señalé la boca.

No pasa nada, no pasa nada, me abrazó.

Treviño, sereno o aparentando serenidad, me tomó de la mano, la besó, me pasó el brazo sobre los hombros y me condujo hacia fuera.

Tiene que descansar, mija. Y va a soñar que canta mucho, así como hace rato. Va a ver que mañana despierta como si nada.

22.

No me hizo compañía ni resguardó mi sueño. Rosso simplemente no estaba ahí. Estaba su cuerpo, tan vacío como un pellejo de serpiente, abandonado, adaptado a la forma que había tenido antes, pero vacío.

Rosso estaba vacío.

Rosso no estaba ahí. Yo podía ver su cuerpo, su sombra larga y flaca. Su olor me llegaba como cenizas. Su olor, que tanto había idolatrado, me llegaba como cenizas del crematorio. Me desagradaba por primera vez en la vida.

Rosso estaba en el balcón y me daba la espalda mientras yo lloraba. Esa simple escena era la gran metáfora de todo lo que había sido nuestra relación.

Hacía tanto frío. La habitación no se calentaba porque Rosso tenía el balcón abierto y no había forma de saber qué tristeza lo abrumaba, qué rojez en los ojos, qué intenciones de arrojarse al vacío. Sin mí. No había vida a la que me hubiera invitado, y sin embargo él no salía de la mía.

Rosso en el balcón era un Rosso al que no se podía acceder, un Rosso que no escuchaba porque tenía los oídos en cualquier lugar del mundo o del tiempo.

Sentía que la garganta se me rompería como barro al caer en cuanto tratara de hacer un ruido, pero ya no soportaba el frío.

Tosí.

¿Por qué no puedes hablar?, me dijo desde afuera.

El calor que salía del clima, sumado a las bocanadas de aire gélido, me estaba resecando la garganta.

Acababa de toparme con lo más confuso y lacerante, ese hueco que me iniciaba en el vientre, me carcomía los órganos vitales, anulaba mi existencia y cualquier rastro de mi vida. Aquello para lo que jamás estaría preparada, por más que le hubiera dedicado muchas horas y años de mi vida a pensarlo. Ni siquiera podía articular lo sucedido: había por fin conocido a la madre que me había abandonado.

O a otra madre que no era la mía. Una madre de hijos presentes, futuros o inexistentes. Una madre de mi edad. Mi estatura. Una hermana siempre es una madre, una tía, una abuela, un padre, un yo misma.

La garganta se me rompía, moría de frío y estaba demasiado cansada como para cerrar la puerta por mí misma.

Sólo me hice un ovillo ahí, metida bajo las cobijas y traté de recordar toda la escena: ella mirándome a través del espejo, hablándome, besándome. Una y otra vez cada momento para no olvidarlo nunca.

Tras varios minutos, cuando pensé que al fin podría dormir, volví a toser.

Rosso retrocedió unos pasos, entró en la habitación y se dignó a mirarme.

No hablas porque no quieres. Puedes darte el lujo de ser voluntariosa y tener a todo mundo sirviéndote.

Él tenía los ojos, la nariz y las mejillas enrojecidas. Sólo traía puesta una playera blanca de las que usaba bajo la camisa.

Temblaba de frío.

Tu diminuto peso enrollado en un cobertor de sepa Dios cuántos miles de pesos.

No le entendí, volteé a mirarlo.

Que estás ahí enroscada en tu edredón de colores pastel, en tu habitación de niña, mostrando sólo tus ojos tan grandes y el corazón lleno de miedo.

Se cruzó de brazos y volvió a hablar.

Y pendejeas a todos porque viven en una realidad distinta a la tuya y tienen la necesidad de al menos resolver el mundo, pero tú que tienes un peso más pequeño eres la única pendeja, porque tu mundito eres tú y te asusta: ni siquiera quieres saber de dónde vienes porque no quieres saber quién eres.

Pensé que iba a callarse, a rendirse al fin y quedarse dormido, pero continuó.

Estás ahí y yo podría mirarte por horas. Me gusta estar contigo porque puedo mirarte por horas. Podría pasarte cualquier cosa, podría arrollarte el tren, y quedaría intacta tu belleza. Eso es lo único que merecemos. Nunca obtendremos el amor, pero siempre estará ahí la belleza, como tú, aunque te escondas tras tu pelo largo y tu ropa fancy. Y te quedas callada porque todo mundo tiene la obligación de servirte. De leerte el pensamiento si es necesario con tal de obedecerte.

Me miraba como si tuviera muchas palabras atoradas en la boca y no pudieran salir todas juntas.

Podría mirarte por horas, pensé que sería lo último que diría Rosso pero no fue así.

…pero de qué sirve si no eres real. No existes. Cualquier chica tiene más humanidad que tú.

Me daba miedo.

No hablas porque ya no quieres contarme nada.

Él, que podría mirarme por horas, dio media vuelta, salió de nuevo al balcón y cerró tras de sí la puerta.

Entonces ya pude llorar con el rigor que dictaba mi condición: el silencio me había atrapado.

23.

Una cama blanca; una habitación sin vidrio en la ventana junto al Mediterráneo; una casa de lozas frescas para caminar descalza; la luz de un sol tibio; el puro y simple sonido de las olas. El silencio es vivir en la ciudad que amo, es cuando Monterrey tiene playa y yo duermo oyendo el mar. El silencio es mi ciudad más luminosa, mi casa, y su clima es tibio y ahí el día despierta a mi antojo y la noche cae cuando yo quiero dormir, o mejor, cuando no quiero dormir, quiero salir al fresco, a buscar a un hombre, sus olores toscos, su piel oscura.

Las voces que hay en mi silencio son armónicas, como las canciones, y no existe otra lengua más que mi lengua materna. Viviría aquí cuanto fuera posible. Viviría aquí aun ya no queriendo hacerlo.

Llevaron al médico, al psicólogo, al psiquiatra, a un doctor gringo que quiso hablarme en inglés y sólo logró hacer que me encerrara en el baño. Mi silencio debía ser blanco, debía reflejar la pureza de mi alma.

Acepté algunos medicamentos. Entredormida, sólo me sostuvo la mano de Rosso. Al siguiente día no dejé que se abriera la puerta de mi cuarto, sólo él podía entrar y salir, me preguntó si podía venir otro médico, que era portugués pero hablaba español casi perfecto.

Mi silencio es la más tibia de mis casas y en su lengua duermo un sueño resplandeciente.

Negué con la cabeza.

Bueno… entonces platica conmigo. Aunque sea para contarme de Ferrán o por qué te gusta ese estúpido de Adán.

Pero en mi silencio no hay nombres. No los necesito porque la soledad ya no me asusta, me abriga.

Afortunadamente Rosso entendió que no iba a dejar entrar a otro médico, si no hubiera entendido, hubiera tenido que sacarlo también a él de mi habitación. Mi silencio no debía ser mancillado. Yo no lo elegía. El silencio había llegado para encarnarse en mí.

Había tenido muchos psicólogos durante la adolescencia, no quería más. También hubo varios psiquiatras. Siempre llegábamos al mismo punto en la terapia:

¿Cuántos años tenías?

Tenía catorce, era mi primer novio.

No había tenido sexo antes.

Me encantaba.

¿A qué te refiere esa pesadilla?

Tenía catorce, era mi primer novio.

Lo adoraba.

Moría por acostarme con él.

¿Qué era lo que más te gustaba de él?

Tenía catorce, ¿qué podía saber de hombres? Él era muy guapo y era mi primer novio.

Sentía que no había otro más genial en el mundo.

Soñaba con casarme con él.

¿Cuándo fue la primera vez que tuviste sexo?

Tenía catorce, él era mi primer novio.

Fuimos a una fiesta de políticos en una quinta.

Yo traía un vestidito rosa, aún vestía como niña.

¿Puedes hablarme de tu iniciación sexual?

Tenía catorce, él era mi primer novio.

Fumaba como poseído, y era lo que más me gustaba de él.

A sus diecisiete, me parecía lo más adulto del mundo.

¿Te gustó tener sexo con él?

¿Te gustó ese primer acercamiento?

¿Te pareció un momento placentero?

¿Crees que ese momento influye en tu vida sexual actual?

¿Te gustó?

Me violó.

Con un cúter.

¿Volviste a verlo?

Él se fue a Canadá.

¿Te sigues sintiendo amenazada por él?

Él ya pagó su pena en la cárcel, ahora está casado, es hombre de familia.

¿Lo odias?

Es uno de los políticos más poderosos del país, no tengo permitido odiarlo.

¿Temes que un día vuelva?

Murió de cirrosis hace un par de años.

¿Has sabido de él?

Se perdió, nunca se supo nada de él.

¿Sueñas con vengarte?

No, eso yo ya lo dejé en manos de Dios.

Y después de eso no podía avanzar en la terapia. A los catorce caí en el silencio. Innombrable silencio, ¿cómo reproducir cualquier sonido si todos hablarían de eso?, ¿cómo explicarlo?

Y no mentía. Todo estaba en manos de Dios. O no mentía tanto. Mi venganza estaba en mi Señor. Yo había visto cómo ese muchacho era levantado en vilo; lo llevaba Treviño sobre la espalda, como si viniera de cazar un venado. Lo vi arrojar sangre por la boca, temblar y caer sobre mi pecho. Mi vestido rosa quedó manchado, mi rostro. Había manchas de sangre que no supe si eran mías. O suyas. El último ruido que hice fue el llanto. Después, ninguna palabra.

24.

Y a los quince, después de más de un año sin hablar, lo primero que dije fue:

Papá, lo mataste.

Mija, no es pecado matar de un tiro.

25.

De nada nunca me ha servido hablar, aunque ahora quería hacerlo al menos con Rosso no tenía palabras para decirle que la había visto. A ella. Y ella también me había visto.

La había visto. Como sacada de uno de esos audios de mi abuela que Amalia me enviaba constantemente, como por accidente. Parecía tomada de esas imágenes producto del ensueño, de mi abuela, en las que aparecían mujeres de pelo negro y lacio a la cintura, de pequeñas cinturas, rasgos finos, les decía hija, hermana, la niña, Ástrid, Estrellita, Estela, piruja, malnacida, desgraciada, hija de puta, pobrecita mija, pobrecita mi amor le tocó sufrir tanto, yo por mija hubiera dado todo, ella estaba ahí, mirándome con sus ojos negros vacíos, era una lechuza, se transformaba en la noche y lloraba sobre las casas.

La había visto. Tal como la describía la abuela. Y no tenía forma de contárselo a Rosso.

Era imposible explicarle que yo no era tan simple como él creía, ni tenía la vida tan resuelta. Que mi cabeza no estaba tan vacía como él daba por hecho. Pero al abrir la boca sólo podía decir "ah", "ta", al tratar de decir su nombre sólo decía "or" y quedaba como una tonta.

Entonces no lo intenté más. Tal vez porque renuncié a validarme, esa semana fue tan nítida. Me vestía, me ponía unos lentes oscuros y una gorra, y subía a la camioneta de Treviño. Él me llevaba por calles bonitas. Un día me llevó a la Cola de Caballo. Un día le señalé un Starbucks y me senté ahí toda la tarde.

Tal vez eso había sido siempre: una chica que no tiene nada qué decir.

Inmersa en el silencio volvía a tener paz mi alma. De madrugada no le tomaba las llamadas a Ferrán, pero me quedaba sentada en un sillón para mirar dormir a Rosso y Nadja. Mi gata se quedaba dormida en su abrazo, y sólo eran un par de animales blancos, puros, hermosos. ¿Qué puede haber más luminoso que un chico y un cachorro? Nadja sólo junto a Rosso era tranquila, dulce. Le buscaba el rostro para lamerlo cerca de la boca. Si estaban acostados ponía sus garras en su cabeza y lo atraía hacia sí, o se acurrucaba en su pecho. Era como si, a la par, ronronearan hasta quedarse dormidos. Cachorros de panzas blancas.

En mis días de silencio habitaban mis historias que no tenían que ser ya de nadie más.

La falsa historia de que mi madre había fallecido al momento de parirme, y mi certeza de que yo era portadora de la muerte.

Mi abuela que ante la noticia del secuestro de mi papá había gritado que todo era culpa de Estrellita, y se había abalanzado contra mí con un cuchillo gritando que yo era igual, que tenía esos pelos negros de cuervo.

El día que había tenido un ataque de ansiedad por la obligación de ir en vestido rosa a la boda cristiana de mi prima; mi venganza fue acostarme con su esposo.

La revista que sacó una serie de fotografías mías, en bikini, sentada en las piernas de Al Pacino; las horas que pasé mirando mi rostro y mis piernas, mi cabello, mis manos… y no pude entender cómo era posible, si a ese actor jamás lo había conocido.

Las noches de filmación esperando que Ferrán volviera.

El quirófano a los catorce años.

El hermosísimo chef negro gringo tartamudo que hubiera dado la vida por mí, ése que yo creía que era mi alma gemela, ése a quien no pude amar porque mi lengua materna no lo habitaba de manera natural.

Las amenazas de muerte hacia mi padre.

Las horribles navidades llenas de familia y niños en casa de los amigos de Ferrán; todas las estruendosas bodas italianas a las que me arrastró porque quería pertenecer a gente que no era la suya.

El intento de suicidio a los dieciséis.

Y luego a los diecinueve.

Y un año antes de conocer a Rosso y a Adán.

Y en esos, los días de mi pureza, me avisaron que Rosso se había suicidado.

26.

Paría hijos como si pariera perros. A borbotones.
La última quiso sacársela, pero se le enquistó dentro. La traía bien agarrada. Le hizo de todo pero
no se la pudo sacar. Por eso nació helada. Como
muerta, porque así nacen los niños que no tienen
el amor de una madre. Nacen malos. Nacen fríos.
La coyotita le salió con los pies helados y los ojos
tan profundos, pesados, como si adentro trajeran
el vacío.

27.

Rosso había decidido pasar unos días en su casa porque tenía que avanzar en un trabajo de fin de semestre. Mis días, uno tras otro, no ofrecían ninguna novedad. Por momentos sentía la prisa, la fuerza de treparme a un avión y volver a casa. O eso que trataba de definir como "casa". Pero inevitablemente, al imaginarme llegando a Roma, pensaba que todo resultaría igual: el silencio, ni ánimo ni presencia para salir, vería películas que podría mirar en cualquier lado, sólo un animal tendría la lealtad de dormir conmigo cada noche. No necesitaba viajar a Roma si eso era lo que quería, bastaba elegir un cachorro y acostumbrarlo a hacerme compañía. ¿A eso se reducían las cosas? ¿A tener un cuerpo tibio al cual abrazar? ¿Qué caso tenía viajar, buscar, contestar? ¿Qué caso tenía nada?

Cuando Adán me envió un mensaje preguntándome si podíamos hablar, estaba tan aburrida que decidí perdonarlo. Fue por eso. No porque se hubiera disculpado cientos de veces, sino gracias a mi tedio.

Ven.

Se sorprendió de que lo invitara a mi casa.

¿A El Cielo?

Ven.

No había mediado amistad entre nosotros, historias de familia, confidencias, complicidades. Pero lo sentí cercano. O necesité sentirlo cercano.

¿Puedes hoy?

Nada más hay una situación.

¿Todo bien?

Es complicado de explicar.

Más que complicado, me resultaba vergonzoso. No quería verme como la personificación de la torpeza y el capricho.

Estoy haciendo un voto de silencio. Por ningún motivo puedo articular palabra, le escribí.

No te haré hablar, no quiero causarte ninguna molestia. Sólo quisiera, si me permites, contarte algo que creo que deberías saber.

Su respuesta tan amable me hizo sentir mal por mentirle. A veces tengo tan pocas palabras que resulto un ser muy básico. A veces no tengo ninguna palabra y me siento hueca, liviana, vacía, y entonces entiendo por qué no peso en la existencia de nadie.

Pero Adán no me trataba así, como poca cosa. Aun sabiendo que yo no era, ni sería nunca, ni querría ser su prioridad, cuantas veces estuvo conmigo fue así: conmigo. Concentrado en mis gestos, mis pedidos, mis movimientos. Y aunque supiera yo que fuera de esos momentos su atención pertenecía a su esposa, cuando estaba conmigo me hacía sentir como si fuera única. No querría pedirle más.

A veces pienso que en otro tipo de sociedad podría muy bien ser la tercera o cuarta esposa de

114

varios. La última en importancia. Ésa que no espera equidad en las cosas de pareja, sustento económico, que está consciente de que su hombre no está ahí para escucharla, motivarla ni ninguna de esas actitudes dependientes. Cada noche recibiría a un hombre cansado de las exigencias de su esposa o esposas principales, vendría a mí ese hombre sabiendo que yo no le pediría nada. Ni su tiempo. Nada. Llegaría a dormir, quizá a tener sexo. A estar ahí. Serían muchos hombres hartos de llegar a hogares a escuchar sólo de colegios, pagos, rentas, celos. Son tantos esos hombres. Son todos los hombres. Aun sin escuchar, sin hablar, sin interesarse en mí, serían un cuerpo tibio junto al cual dormir. Aunque cada noche necesito que alguien me arrope, me bese y me lleve a dormir, con eso podría conformarme: jamás estaría sola.

No había visto a Adán desde hacía semanas. No lo había echado de menos. Y de pronto era un hueco, una carencia insoportable. Tenía clases y se tardaría al menos cuatro horas en desocuparse. Tomé dos Alzam con tequila y dejé órdenes de que lo recogieran en cuanto estuviera disponible.

En mis sueños no hubo espera. No hubo sueños. Sólo horas que se fueron como instantes.

28.

Es del sopor el deleite.

No es el Edén esta habitación sino el inicio de mis piernas y la tibia humedad entre ellas. Hay en mi vulva un lago y compuertas abiertas que te esperan. Nado sobre un delfín. Un elefante. Cuelgo enroscándome en su falo. El elefante se convierte en un animal más fino y ahora es un perro, ahora un lobo de pelaje sedoso el que cabalgo, del cual me sujeto desde abajo, el cual introduzco en mi cuerpo.

El Edén es este mar cuya agua es mi culpa. Mi creación, mi obra. Este lago fresco que me divide justo por el ombligo. La parte superior de mi cuerpo está sumergida boca abajo. Entre ondas y olas miro a los peces de todos tamaños, que brincarán sobre mí rozándome la piel, la parte inferior de mi cuerpo, mis piernas que se estiran, que juegan, que te esperan, que te reciben, que te aprisionan.

Es en el sueño el Edén, es en mi vulva el Edén, es en mi cuerpo y mi mar el Edén. Es tu pene el Edén. Aunque somnolienta no sea uno ni sea el tuyo. Aunque no sea tu falo sino el miembro gigante de un obeso que me aplasta, una serpiente eterna, la trompa del elefante, mi brazo. Una sola verga que en mi sueño es tantas cosas.

Es mi vulva este Edén. Es mi recámara este Edén. Es esa lengua en mi cuello. Adán que se sumerge en mi agua para besarme y me despierta. Entonces sujeto con las uñas su cadera para indicarle que no se salga de mi cuerpo.

29.

Si escribo su nombre es entrar al paraíso, a la tierra prometida que fluye leche y miel. En el paraíso, Adán y yo somos hermanos. Subo por sus piernas y lo bebo. Lo lamo. Lo toco. Estamos desnudos y no nos da vergüenza.

Junto a él no me da hambre. Por eso pedí que al cuarto me llevaran una canasta de manzanas. Después pensé que debíamos celebrar, y pedí veintinueve canastas más. Una por cada día que estuvimos lejos. Así, mi habitación quedó llena de manzanas rojas.

Comimos manzanas porque nunca volveríamos a ese paraíso, aunque él no lo entendió y yo no lo sabía en ese momento. Al llenarlo de fruta, por instantes creyó que era el único hombre en la selva de mi habitación. Y es que era un bonito sueño ser la única mujer en el mundo entero. Soñamos mientras me enreda los dedos en el cabello, mientras los inserta en mi boca, en mi vagina. Adán tiene la piel tostada de quien nunca ha portado ropa.

Adán duerme sobre mi cabello suelto, entre sueños acerca mi cabello a su boca. Me paro y bailo alrededor de la cama sin que él se entere.

¿Y si yo no fuera una, sino dos?, quisiera preguntarle pero no me atrevo a ponerlo por escrito. ¿Y si otra mujer fuera idéntica a mí? ¿Y si en este jardín hubiera dos Evas?

Como si él también tuviera la lengua cosida al paladar, se quedó dormido después de tantas horas de amor, sin haber dicho una sola palabra.

Lo invito hoy a mi paraíso. Lo dejo dormir aquí la noche completa. Mañana amanecerá y yo, oliendo a hombre, le pediré a Treviño que cierre para él, una vez más, este espacio. Se lo pediré como si él fuera un arcángel y tuviera espadas de fuego.

Duermo sabiendo que los paraísos se desintegran de un día para otro. Y que el precio de cada paraíso son muchos, miles de infiernos.

Siempre tengo quien me cuide. Duermo con una serpiente enroscada a mis pies. Por eso los tengo tan fríos.

30.

Despertamos tarde y con resaca. Por joder, le pasé un papel preguntándole cómo le había hecho para quedarse toda la noche.

Irma salió a un congreso.

No me hubiera gustado que la primera palabra que me dijera en el día fuera el nombre de su esposa, pero yo había tenido la culpa.

Adivinó mi molestia. Habló de tonterías, me dijo que qué bonita, mataba el tiempo, daba rodeos.

Todo es tan raro. Quiero platicar contigo, tengo mucho qué contarte, y siento que hablo solo.

Lo siento, le escribí en un post-it.

No. No te disculpes, perdona, es que hay algo…

Adán nunca hablaba tanto. Me alegraba tenerlo ahí, que hubiera tenido la ocurrencia de contactarme. Me gustaba tanto. Estaba nervioso, no podía callarse.

Me preguntó si buscaba la felicidad con mi voto de silencio.

Tonto, escribí en un papel y se lo pegué en la frente.

No había piel más hermosa en el mundo entero. ¿Por qué me obsesionaba tanto la pálida piel de Rosso, si Adán era tostado, tenía la piel más firme, más gruesa? Una piel que podría arañar, morder y estirar sin lastimarla nunca.

Me pidió que no le mordiera el cuello, que no le dejara marcas. No le hice caso.

Su celular seguía sonando. Lo lancé por el balcón porque mientras estuviera conmigo no había esposa, no podía haber más. Soy mi única historia y mi familia. No tengo más. ¿Era imposible que alguien lo entendiera, lo compartiera?

En lugar de molestarse por el celular, me dijo que lo necesitaba para mostrarme algo. No había caído al jardín. Estaba ahí, en el balcón. Adán lo sacudió y se puso a buscar entre sus fotos.

Sé que no es el momento. Bueno, nunca será el momento. Esto…

No hizo falta que pusiera un signo de interrogación para hacerle saber que no le estaba entendiendo.

Sólo quiero pedirte que te cuides. No quiero preocuparte, pero creo que es necesario. Nunca te he preguntado de tus cosas. Mi interés es hacia ti, no hacia la dinastía política a la que perteneces.

Me senté en la orilla de la cama para mirarlo con atención. Daba tantas vueltas que no sabía si comenzar a aburrirme o esperar que dijera algo grande.

Tienes que cuidar con quién hablas… es, perdón.

Hizo una pausa, ordenó sus ideas.

Estoy trabajando en esta editorial cursi. Ya sabes. De esas de señoras ricas que publican mala poesía.

El cuento era largo: la dueña de la editorial publicaba los libros malos de sus amigas, pero también tenía un remordimiento político. Era de esas señoras que quieren hacer del mundo un mejor lugar, o callarse la conciencia, y por eso llenan de juguetes los hospitales de niños que ni siquiera sobrevivirán Navidad. Algo así. En secreto, la mujer iba a lanzar un sello editorial de libros políticos. Libros de supuestas verdades que todo mundo necesitaba conocer. Así fue como Adán, quien trabajaba para ella, recibió para editar un libro que no era de versos rimados rosas, sino un libro de no ficción.

Éste es un libro muy protegido. No me dejaron llevármelo a casa para continuar trabajando, hasta me hicieron firmar un contrato de confidencialidad. Rosso no sabe que soy yo quien le está haciendo la lectura de estilo. Se caga. Se muere.

Me mostró unas fotos de un manuscrito. Una portada.

Incesto y trata en El Cielo: la verdadera historia de Lobo Quintanilla y sus hijos.

Eduardo Rosso.

Le arrebaté el celular. Miré aprisa. Unos cuantos párrafos tomados al azar.

Es lo único que tengo, se disculpó Adán.

Sólo Dios podía ayudarme, por eso reenvié todas las imágenes al correo de mi padre y también al mío.

31.

Es del querer el callar.

Recordé esa frase suelta de mi abuela.

Es del querer el callar. No el contar ni el confesar. Había sido tan boba. El querer habita en el silencio.

No estaban mis diálogos en esas imágenes de páginas sueltas porque lo que había dicho no tenía interés para nadie.

Te quiero.

Me siento sola.

Abrázame.

Quisiera tener un hermano.

No. No sé quién fue mi madre. Dicen que murió pero luego mi abuela dice que fue una bruja.

Cuenta muchas cosas allá del rancho.

¿Para qué?

De los lobos y los coyotes. No sé. No le pongo atención.

Ah, sí, según la noche del Diablo y que de esa noche nací yo.

Son tonterías, no me cuenta más que eso.

Dice que es del querer el callar, pero ella no me quiere. Por eso no se calla. Por eso se hace la tonta y de pronto me suelta una verdad como quien suelta una bala.

Entendí el interés de Rosso. Sus ganas de platicar con mi abuela. Su curiosidad más por sus mitos de rancho que por mi piel o por mis piernas.

Que éramos tres, decían los párrafos de Rosso.

Que Adria y Rogelio eran cuates.

Que había un acta de matrimonio con ambos nombres: Rogelio Quintanilla Quintanilla, y Adria Luz Quintanilla Quintanilla. Como padres de ambos figuraban Eleazar Quintanilla Martínez y Ástrid Quintanilla Martínez.

Se habían casado cuando tenían diecinueve. Yo tenía quince ese año.

Era una historia confusa. ¿Por qué firmarían un acta matrimonial un par de hermanos?

También decía que Rogelio era el principal sospechoso de varios asesinatos y dirigía la red de trata más grande del país.

Era todo tan ilógico, como si leyera mitología griega y las relaciones fueran aleatorias y descabelladas. Así. Irreales. Sólo faltaba una madre ahogando a sus hijos, aunque la cantidad de drama ya estaba a ese nivel.

Entre todas las palabras, aun las malditas, aun las vergonzosas, aun trata, aun incesto, asesinato, violación, aun muerte, aun desolladas, aun sangre, aun impunidad, la palabra importante, la memorable, la esperanzadora, la palabra de mi felicidad era una, era esa palabra ausente. Era hermano. Era vida. Era somos hijos del mismo padre y de una misma madre.

32.

Esa noche no soñé nada. No soñé un hermano. Dormí sola sin sentirme sola y no necesité una piel, animal o humana, en la cual reposar mi brazo. Esa noche fui yo y la otra mitad de todo era el mundo. Al despertar ignoré los mensajes de Ferrán y le escribí a Adán. Los saludos, que quería hablar con él, que me contestara, que fuéramos por el material completo.

Al salir de ducharme vi que Adán no me contestaba, pensé si sería prudente ir a su casa. Le marqué sabiendo que no podría hablarle, pero quería que tomara el celular y pusiera atención a mis mensajes. Planeé cómo vestirme y busqué algo para leer. Pensé que era momento de ponerle fin a mi ocio. Era como si un capítulo, o la mitad de mi vida, se hubieran terminado, como si mi pausa se hubiera destrabado y pudiera salir y ser yo. Me alegraba pensar en mi siguiente definición y reconocimiento propio. Seguramente pronto podría ir a casa y buscaría una escuela de cine. Quizá un día podría dirigir. Sería famosa. Una directora famosa. Nadie volvería a decirme "la lobita" porque forjaría mi propio nombre.

Podría escribir la historia de una chica que un día descubre que tiene un hermano idéntico a ella y se enrola en una vida familiar a la que no logra acostumbrarse. Tener de pronto cuñada y sobrinos la abrumaba tanto que decidía mudarse de ciudad. O podría filmar la historia de una chica que vive en la colonia de los carretoneros y luego se convierte en periodista. Una nueva *Ciudad de Dios*. Algo así. Tendría que averiguar si el concepto "carretonero" existía en Roma, aunque seguramente no. Caí en la cuenta de que vivía en una ciudad linda y cliché. Antiquísima y agotada para mí. Tan hecha. Tan predecible. Quizá no querría regresar. Papá estaría contento de que me quedara cerca y financiaría mi película. Insistiría en enviarme a estudiar a New York y yo me resistiría. Alguna escuela en español tendría qué haber, o al menos en italiano o por-tugués.

Necesitaba leer el libro de Rosso. Adán no con-testaba mis mensajes.

Treviño tocó a la puerta de mi recámara, sabien-do que esas intrusiones no se las permitía.

Es que no quería decirle esto por mensaje, se disculpó.

Retrocedí para tomar un papel y escribirle, ¿Ya sabes lo del libro? Necesito leerlo, localízame a Adán.

Treviño titubeó.

Venía a decirle otra cosa.

Le señalé enfáticamente el papel.

Como que vi en las noticias que algo pasó. Como que le cayeron los malitos a la editorial, incendiaron las oficinas. Los empleados andan huidos. Su amigo Adán es de los que desaparecieron.

¿Qué interés podía despertar en nadie una diminuta editorial local que sobrevivía por los ingresos de la dueña y no porque fuera un negocio?

Crees que soy pendeja.

Se lo escribí así. Sin signos de interrogación.

Mija, le estoy diciendo lo que debe saber. Cualquier otra cosa que oiga, deséchela. Así es como debe tenerlo en la mente.

Iba a cerrarle la puerta en las narices, pero Treviño no me lo permitió.

Tomó mis manos entre las suyas, como cuando yo tenía voz y rezábamos Bendice mi diestra.

Lo que tenía qué decirle es otra cosa. El muchacho se mató.

33.

Fue la madre quien lo encontró. Pegó de gritos y entonces entraron mis muchachos, quienes, enviados por Treviño, habían ido buscar el manuscrito original. Lo hicieron sin consultarme. Lo levantaron en vilo sin ninguna dificultad porque Rosso para ese entonces no era más que una tripa llena de huesos. La mamá se asustó, pensando que era un levantón, y les dio con uñas, dientes y sartenes. Mientras calmaban a la señora ya iban con Rosso al hospital más cercano, que era una desabastecida Cruz Verde, donde a punta de pistola habían exigido atención inmediata. Pero Rosso ya se había desangrado.

Así me lo contó Treviño.

Crees que soy pendeja, volví a mostrarle el papel. Le exigí que me llevara a ver el cuerpo.

34.

Rosso no era un ángel. Era un Cristo. Era un Cristo que no podía liberarme de mis pecados ni de mi cielo.

35.

Es del querer el callar. Por eso yo era muda, por haber amado tanto. El habla me resultaba una función tan inútil. Opcional. No sería lo mismo con la vista o el oído. Perder alguno de mis sentidos sería perder la mitad de mi vida.

Es del querer el callar. Y el silencio de mi padre que no me visitaba. El de mi abuela que quería enseñarme a tejer y preguntaba por mi esposo el flaco. El de la noche que fue tan larga. De varios días o semanas. Días de estupideces cuando más necesitaba estar sola.

Primero fue lo de Amalia. Me lo contó Treviño.

Su papá le va a reclamar, pero las cosas fueron así, comenzó diciéndome.

Más que el sonido del disparo, lo que se repitió en mi mente durante un tiempo fue el sonido de su cuerpo al caer al pavimento. Fue el caer del peso de dos vidas que expiraban juntas con un solo disparo. Dos almas que dejaban este mundo al mismo tiempo. Para Amalia ya no había tristezas, preocupaciones, tener que viajar en transporte público, buscar un trabajo, desvelarse estudiando y esas cosas que tanto preocupan a mucha gente. Andaba con su hijo dentro. Ni en su muerte le había tocado estar sola. Envidié ese sino.

¿Quién fue?, escribí es una hoja.

Después de clases, Amalia trabajaba en una zapatería en el centro y luego se iba a su casa. Se había bajado del autobús pasadas las diez de la noche. Descendió y no se percató de las camionetas estacionadas, apenas dio unos pasos, concentrada en guardar en su morral hippie unos libros. Quizá en el autobús iba leyendo.

¿Por qué papá me va a reclamar a mí?

Cayó su cuerpo, cayeron sus libros desparramados por toda la banqueta. También un reguero de sangre. Ni siquiera gritó. Sólo cayó su cuerpo. Cayó Amalia y el hijo que llevaba dentro. Fue un único tiro.

¿Quién fue?, volví a mostrar el papel.

No, pues no sabemos, mija, a poco cree que tenemos un registro de cada pelado empistolado que anda en esta ciudad.

Recordé las veces que me había dicho la autista, la tonta, la desubicada. La vez que fingió tropezarse para echarme el café encima. Los chismes. Las burlas. Mi cumpleaños arruinado porque Rosso no dejaba de pensar en ella. ¿Quién acusará a los escogidos de Dios? Dios es el que justifica. ¿Quién es el que condenará? Cristo es el que murió; más aún, el que también resucitó, el que también intercede por nosotros.

Adán, Rosso y Amalia habían desaparecido la misma semana. Supuestamente Adán sólo estaba escondido.

Su papá le va a decir que usted los arriesgó, que contó cosas que ya sabía que no tenía que andar diciendo.

No había sido yo, sino mi abuela. Yo no tenía nada qué contar.

No dije más, escribí en un papel, le hice ver a Treviño lo irónico de la situación.

Pero explíquele eso a su papá, le va a decir que usted metió al muchacho aquí a la casa.

Mi abuela y su boca floja habían mandado a la muerte a tres ingenuos.

Sólo dime si es verdad que Rosso se suicidó.

La verdad.

No lograría con un papel obtener ninguna verdad.

No me quitaría la verdad el dolor por las pérdidas.

Mi verdad era que había visto el cuerpo rígido y frío de Rosso. Sus labios secos. El cabello limpio y dócil como la última vez que lo había besado.

Su cuerpo inmóvil para siempre.

Mi verdad sobre el velorio al que no me habían dejado asistir, dejándome encerrada y medicada en mi habitación. Sobre las gotas que tenía que tomar porque no podía dejar de llorar.

Mi verdad sobre Amalia, y su cara dulce el día que nos conocimos y aun antes de la primera vez que Rosso y ella habían discutido por mí.

Mi verdad sobre Adán y su piel que no volvería a tocar.

¿Eran ciertas las palabras de Treviño? Si nunca los hubiera conocido, ¿seguirían contentos, sanos, vivos?

De mi cuarto retiraron pastillas, tijeras, navajas. Incluso el ganchito con el que mi abuela había intentado enseñarme a tejer. La pistola que siempre tenía que dormir bajo mi seno no, pero sí le quitaron las balas.

36.

Quisiera que me hicieras mucha falta y gritarte que regreses, pero aquí no hay novedad. No te preocupes por mí, aquí todo sigue igual, como cuando estabas tú.

37.

Fue muy difícil que intentara suicidarme a los dieciséis. Desde chica, a los trece o catorce tal vez, había cometido la indiscreción de contarle a mi prima Raquel que a veces estaba tan triste que sólo quería tomarme el botiquín entero. Sólo tengo tres primas, todas hijas de mi tía Tina, hermana de mi papá. A pesar de que me irritaban porque nunca supieron actuar individualmente, me seguía acercando a ellas, sobre todo a la menor, por la insistencia de mi abuela.

Son como tus hermanas, son tu familia.

Yo no necesitaba hermanas, ni familia, pero Raquel me agradaba porque de las tres era la menos bobalicona, tal vez tenía esperanzas de que en algún momento actuara con su propio cerebro y se hiciera más mi amiga que de sus hermanas. Al verlas comprándose ropa igual, yendo juntas a la iglesia, platicar de que algún día se casarían y la mayor le pasaría el vestido a la siguiente y así sucesivamente, me asqueaban. Me causaba náuseas su estupidez sobre lo que pasaba en el mundo, su decir sobre la pureza, su recurrencia a Dios a cada palabra, su certeza de que ninguna hoja de un árbol se movía sin la voluntad del Señor, su pasividad ante la vida: ¿para qué leían, estudiaban o viajaban? Un hombre, dentro de los tiempos perfectos del Señor, llegaría para cada una. Y su felicidad sería colmada cuando se atascaran de hijos bobalicones e inútiles como ellas.

Me enfermaban. Odiaba que se hicieran llamar Miry, Becky y Rachy, como si fueran un equipo de pendejas.

Raquel era un poco más despierta, o quizá la imaginé más viva que a las demás.

Cuando mamá me grita porque no limpié bien la cocina, me dan ganas de comerme todas las galletas, me contó.

Cuando me siento sola porque no está mi papá, o siento un hoyo enorme en el pecho, me dan ganas de tomarme todas las pastillas del botiquín para ver si me muero, le dije a Raquel, tal vez en un acto de desahogo. Porque era muy niña. Porque no sabía que las mujeres son mierda. Porque no sabía que hablar sirve para una chingada.

Cuando traté de suicidarme la primera vez ya no tenía pastillas. A pesar de mi miedo a los cuchillos, como Rosso, o como dijeron que había hecho Rosso, tuve que cortarme las venas de las muñecas a lo largo.

38.

Cuando se casó mi prima Miriam yo tenía dieciséis. Me obligaron a ir a la boda con un vestido rosa, como a las otras damas de honor. No fue la boda, sino el vestido. Era un increíble acto de desconsideración. Desde los catorce no había vuelto a usar vestido, y menos de ese color. No iba a explicar por qué no quería usarlo, no tenía por qué abrir la boca para referir el ataque que ya no era más que mío.

Pero tía Tina había escogido el ridículo vestido de las damas y papá había decidido que yo tenía que integrarme más con mi familia y que me vería preciosa de dama de honor.

En cuanto me puse el vestido rosa fue como si me corriera sangre por todo el cuerpo. La sensación era tan real que por más que yo mirara mis brazos y mis piernas limpias, no podía dejar de sentir esa humedad. Pensé que era una sangre invisible. Corrí a la regadera con todo y zapatos y ropa. Me desnudé lanzando todo contra las paredes. El chasquido de la ropa mojada contra las cosas me hacía desear que todos mis huesos tronaran igual hasta morirme. Quería hacer tanto ruido que pudiera callar mi mente, arrancarme el cabello, enterrarme las uñas en la cara, a ver si así distraía a mi cerebro de la sensación de sangre en la piel y del olor a tabaco.

Llegó mi estilista, me encontró tendida boca arriba, me destrabó las uñas de los brazos. Me secó. Me llenó la boca de pastillas. Volvió a maquillarme y peinarme, no sé de dónde sacó otro vestido rosa. Me subió a la camioneta. Me obligaron a sonreír para las fotografías. Mi vocación de muñeca había comenzado desde chiquilla.

Pero sí hubo un momento feliz en la noche. Tía Tina se acercó a decirme que me veía muy bonita, que en los tiempos perfectos del Señor él también me mandaría a un hombre. Que me casaría de blanco y sería, por fin, muy feliz.

Mi sonrisa fue sincera cuando pensé que el Señor ya había mandado a mi hombre. Con él no necesitaba acuerdos. Había llegado a él de la manera más pura y limpia en que puede existir el amor: en silencio. Cuando no median las palabras, porque no pesan, porque no importan, no puede haber mentira entre dos.

Vas a ver que vas a encontrar al hombre que se quiera casar contigo, y vas a ser muy feliz, mi reina. Vas a ver que no le va a importar lo que haya pasado, va a ser el hombre enviado por Dios para ti.

Disfrutaba tanto escucharla. Recrear en mi mente esa primera noche. No había vuelto a salir con ningún muchacho desde lo de Pablo, la sangre, un cervatillo muerto regresado al bosque, el olor de la fogata de su cuerpo. Ya había recuperado el habla, pero no había vuelto a tener un chico. Sentía que mi cuerpo era muerte, por eso merecía ser mutilado.

Bendito sea el lecho sin mancilla, dice la palabra de nuestro Señor.

Bendita había sido esa noche que llegué a buscarlo, a ese chef negro, porque ya me gustaba. Porque un hombre tan alto no iba a temer la muerte que me habitaba. Había una calle de casas donde vivían los empleados que venían del extranjero. Toqué a su puerta. Aunque ya podía hablar me gustaba conservar el lenguaje de las señas. Pedí permiso de sentarme en su sala. El signo internacional del silencio es tan parecido a jugar a los balazos con los niños, y simular soplar la boquilla de una pistola recién disparada. Él supo que yo estaba ahí para jugar. No temió mi cuerpo de muerte. Tocó mi cicatriz. Lamió mi cicatriz. Dejó que yo lo cabalgara al ritmo en que se empieza a perder el miedo. Ese hombre que me triplicaba en peso era un cordero que me guiaba por la noche. Su piel era el desierto y era la noche.

Y por primera vez no me desvirgaba una navaja, sino un hombre.

Amor es una palabra muda.

Y tía Tina seguía contándome de las bendiciones del matrimonio, de cuánto habían esperado Miry y Enrique, su ahora esposo. Pero Enrique no era más que un estúpido al que le pedí que me acompañara a la camioneta. Un estúpido al que me cogí horas antes de su luna de miel.

Las muñecas también se cansan de posar sobre los pasteles perfectos. No tenía pastillas. A pesar de mi miedo a la sangre y a las navajas, esa noche me abrí las venas.

39.

Adán no había contestado mis mensajes ni el día que se mató Rosso ni los siguientes.

Adán, tenía que aceptarlo, estaba muerto.

Es del querer el callar.

¿Qué?

Así me dijo tu abuela. Me estaba contando de sus hijas.

Las palabras de Rosso no desalojaban mi cabeza.

Hijos: papá y tía Tina.

No, me contaba de sus hijas. Fueron dos. Tu tía Tina y su hermana. Me dijo que la chiquilla, Tina, se había vuelto "aleluya". Cuando le pregunté por la otra me dijo eso: "es del querer el callar".

Ese día lo había ignorado. No había querido creer que la locura de mi abuela se contagiara también a Rosso.

¿En serio nunca has querido saber quién eres, o de dónde vienes?

Es del querer el callar, había repetido yo las palabras de mi abuela, como un escudo, como un abrigo.

40

Me gustaba el viento, el sol que no llegaba a quemar. Trataba de leer pero las palabras no me decían nada. No podía unir una sola frase. Veía a Rosso perdido en el desierto. No había manera de que volviéramos a la Tierra Prometida.

Sólo contemplaba la pista de aterrizaje. Me sentí tan niña. Papá no debía tardar. Nadja me decía que Rosso tampoco tardaría en llegar.

Mi abuela extendió su arrugada mano y me dio una fotografía. Era yo vestida de novia.

Una fotografía reciente. Sonrío con una plenitud y una felicidad que nunca he sentido en la vida. Mi boca está a punto de reír. Abrazo a un hombre. No se ve a quién, voltea justo en el momento de la toma. Sólo se ve la piel morena de su cuello y sus manos. Mi vestido es excelso, de princesa, inmaculado. Él y yo salimos de una iglesia católica de arquitectura californiana y eso me desconcierta porque a pesar de mi pésima relación con la parte evangélica de mi familia, el protestantismo me parece menos ilógico que el catolicismo. Llevo el cabello suelto, lacio, y con un crepé en la coronilla, justo como aparezco en las fotos de la boda de Miry. Me veo de dieciocho, tal vez veinte años.

¿Y quién era ese hombre? ¿Y quién era yo? ¿Y por qué en las fotografías sí lucía feliz?

Quise encarar a mi abuela sin saber cómo. Interrogarla. Pero yo no tenía voz para ella y ella no tenía voz para mí. Rosso también estaba ahí, él sí podía preguntarle.

Es Estrellita, ¿ya no te acuerdas de ella?

Y ni sabíamos qué iba a pasar, si iba a haber dinero para la boda. Ya ves que con el sueldo de maestro de tu papá, qué se iba a poder hacer algo así bonito.

A ratos ella contaba la historia, y a ratos la contaba Rosso.

En aquellos tiempos no se necesitaba estudiar tanto para ser maestro. Yo le di a tu papá la educación que pude, y él también se labró solito, sin una sombra, sin más apoyo que el de su madre. Y tu papá así, solito, solito, hasta a la milpa se llevaba los libros. En la noche se quedaba dormido estudiando y a mí me daba miedo que se fuera a quedar dormido y tirara un quinqué. Si allá en el rancho no había luz ni nada de eso.

No tenía nada qué ver la vida de mi papá como maestro rural con la fotografía esa, que se veía muy reciente y en un contexto de ciudad, no en el rancho cincuenta años antes.

Qué bonita y qué feliz me vía en esa foto.

Pues namás se hizo maestro, y la muchacha se le fue a meter entre ceja y ceja. Si sí, era la hija más bonita del mentado don Damián, pero ya estaba pedida la muchacha, y allá en el rancho las cosas no son como acá. O se cumple la palabra o corre sangre.

Entonces mi abuela y Rosso, a la par, comenzaron a contar la historia, como si fueran un coro.

La muchachita era así, interesada. Creía que tu papá siendo maestro iba a ganar mucho dinero. Pero si eso no deja. Pero ella era así, le gustaban los nombres, los saludos de la gente. Si después que se casaron se le llenaba la boca cuando decía que era la esposa del maestro. Y sí, se sabía muy bonita, era blanca, blanca, pero tu papá también era muy guapo, muy gallardo él. Parecía de esos que salían en el cine.

Me aturdían.

Tu problema es que eres muy alzada, mija.

Quién, ¿Lucy?, intervino Rosso.

No, Estrellita. Era muy alzada esa muchacha. Se le olvidaba que venía de rancho, que tenía el mismo origen que todos nosotros. A ella se le había olvidado todo eso. Cuando nos fuimos del rancho a Monterrey, empezó a decir que era gringa. Qué gringa iba a ser. Sí tenía la piel muy blanca, blanquísima, pero los pelos los tenía negros de urraca, azules de tan negrísimos, le brillaban. Y ella decía que era gringa y hasta hablaba en inglés, pero pos si el inglés se lo sabía por la pisca, era puro inglés de campesinos, de paisanos, como uno. Qué gringa ni qué gringa.

¿Y se parecen mucho Lucy y Estrellita?

Nunca supimos de dónde venía la mentada muchacha esa. Apareció en el monte el mismo día que iba pasando una manada de lobos, de los más fieros. Ella también llegó pelando los dientes. Llegó sola. No hablaba. Malaya la hora en la que la metí a mi casa. Mi niña bien que me había dicho:

Cómo se le ocurre meter a esta gente que no conoce, má, quién sabe quién sea. Dicen que venía con los lobos. Yo no le hice caso. Pensé que eran celos. Que era de hijos de Dios acoger a la muchacha un par de días para que no la fueran a agarrar los hombres. O los lobos.

Rosso, dile que se calle.

Tú no te pareces en nada, mija, qué te vas a parecer. Si la última vez que la vi se lo dije: Estrellita, mija, así como vas, tú te vas a volver puta. Y lo que me contestó la muy cabrona. Me dijo: Ya no me llamo Estrella, me llamo Ástrid. Le dije muchas cosas muy feas ese día. Todos estos años le he estado guardando rencor aquí, y ojalá se hubiera vuelto puta. Ojalá ahí hubiera acabado todo. Pero no. Ojalá se hubiera vuelto puta para no traer todos los días esta desazón aquí dentro.

Entonces mi abuela se iba, y yo por ir tras ella, y tratar de quitarle la fotografía, olvidaba que no debía dejar solo a Rosso. Al volver, él respiraba pesadamente en una cama de hospital. Mucho rato. Yo dormitaba en su regazo. Pasaba sus manos por mi cabello. Me estiraba el cabello.

No me dejaste dormir en toda la noche. Entrabas y entrabas por la puerta.

Sabía que me estaba confundiendo.

No era yo. Era mi hermana.

Tienes una hermana y tienes un hermano. Yo soy tu hermano. ¿Por qué no te habías dado cuenta?

Veía sus muñecas abiertas. Veía la sangre. Quería alejarme pero sentía esa sangre recorriéndome las mejillas, entrando por mi boca.

Suéltame.

Rosso me restregaba las manos, deshechas, por la boca. Me está obligando a que le pida perdón, pensaba, y al voltear a mirarlo, lo descubría inmóvil con la mirada perdida.

Estás helado, le palpaba los brazos y el cuello.

Ya estás muerto, ¿Rosso?

Él respiraba aún un poco y repetía: Soy tu hermano. Adán es tu hermano. Amalia es tu hermana. Matas a toda tu sangre.

Le tapaba la boca para que se callara. Me subía a su cuerpo para sentirlo como antes, como tantas veces.

Matas a tu sangre, decía de nuevo.

Muerto seguía repitiéndolo.

Y ya no era Rosso. Era una masa de intestinos y coágulos del tamaño de un corazón, y uno de esos corazones, el más deforme, subía hasta mi boca para obligarme a pedir perdón.

Desperté. En mi mesita de noche no estaba el gotero del Clonazepam. Me temblaban las manos y no quería textear exigiendo mi medicamento. Sólo me levanté porque necesitaba orinar. No pude evitar mirarme en el espejo: las ojeras eran dos círculos y dentro de ellos estaban mis ojos. La piel opaca. Las mejillas sumidas.

Me veo huesuda, pensé, y al instante mi mente volvió a Rosso. Estaba metida en una playera blanca que él había dejado en mi cuarto, y que conservaba su olor. Lloré. Por eso había evitado estar despierta los últimos cuatro días, porque no pasaba ni cinco minutos sin llorar, y me dolía la cabeza al hacerlo, y sentía ahogarme.

No se puede dormir toda la vida. La muerte sería una buena forma de dormir sin tener que alternar con la vida. Me dolían los huesos de todas las horas en la cama, pero en cuanto me ponía de pie me cansaba.

Tenía el Whatsapp lleno de amenazas dulces: que si no me despertaba solita iba a llegar el médico, que me habían guardado la medicina porque ya no debía tomar más, que desayunara el jugo y la fruta que me habían dejado. Al menos las criadas se preocupaban. Papá ni en cuenta. Ferrán mucho menos.

Tenía frío y calor. Un cuerpo lleno de amor que ya no podría habitar ni posarse en ningún lado. Una muerte de ojos abiertos y corazón aún palpitando. Me ahogaba.

Adentro de mi diario siempre escondía pastillas, y entre la ropa interior botellitas de tequila, de ése que tenía que comprar en París porque aunque se hiciera en Guadalajara era caro y nacionalmente no se consumía.

No tenía amigos en ese momento, un hombre, nadie que me hiciera compañía. Seguramente sería una mala persona. A eso lo atribuí. Indeseable. Molesta. No recordé haber sido grosera con Rosso, al contrario. Tampoco había sido mamona con Adán. Con Amalia sí, pero ella lo fue más. Había sido buena compañía, hasta que por mi culpa los mataron a todos.

Y ahora estaba toda esta gente a quien también había lastimado: la mamá de Rosso, la esposa de Adán, los papás de Amalia, sus hermanos...

Pensé en pedir que contrataran a alguien para que se acostara junto a mí, algo muy Kawabata, algo así como en *La casa de las bellas durmientes*, pero sentí pena por mí, ¿cómo podía sentirme tan sola que tuviera que recurrir a eso? Me di lástima. Me faltaba el aire mientras sumía la cabeza en la almohada. Sentí que gritaba y no podía parar, que todo caía pesadamente sobre mí.

Pocas cosas son tan dolorosas como una sonda entrando por la nariz para lavar el estómago, y de nada sirve patalear cuando no se ha comido en días y hay varios enfermeros sujetándote. No me regresaron a mi habitación ni a mi casa.

41.

Estuve unos días en lo que parecía un loft, pero yo sabía que era la habitación de un hospital psiquiátrico. Papá llegó a sacarme de ahí, alegando que yo donde tenía que estar, era en mi casa.

Al llegar me pidió que lo acompañara a su despacho. Me sentía demasiado cansada y apenas podía seguirlo arrastrando los pies.

Ni siquiera me fui a Houston, me pasé directo para acá. Quería verte, mija. Me preocupaste mucho.

Quise reírme. Se había preocupado tanto por mí que no había mandado ni un mensaje de texto. Sólo lo miré fijamente y fue como si a él también se le hubieran acabado las palabras. Nervioso y preocupado me miraba, se hurgaba las uñas, volteaba hacia afuera, pedía un vodka, se desesperaba.

¡Que callen esa pinche chingadera!

El helicóptero sonaba afuera.

Otra vez te vas, quise decirle, o escribirle, pero no tenía caso.

¿Ya no vas a hablar, verdad? Odio cuando te pones así. Eres débil, mija. Débil y muy inútil. Y aparte de eso, pendeja.

Papá empezó a impacientarse.

¡Martín, ya callen esa chingadera!, le gritó a uno de los muchachos.

Es que usted dijo que ya se…

Papá le exigió que saliera.

Aunque quedaban más personas me siguió gritando que no podía creer que yo fuera tan pendeja.

En realidad, me tuve que esperar a que salieras de tu crisis para poder verte, Lucy. Es para que te cosa a cachetadas. O te aviente por el barranco o no sé.

Sólo lo miré, así como decía mi abuela, como mosca muerta. Como estúpida.

¡Martín!

No estaba ahí para consolarme, sino para insultarme. Me sentía humillada. Como la niña tonta que un día había dejado de hablar. ¿Qué le iba a importar a él que mis últimas palabras habían sido "No me quieres"? ¿Qué le iba a importar que Rosso estaba muerto? ¿Que nadie dormía conmigo en la noche, que nadie se preocupaba por saber cómo estaba, que Adán estaba desaparecido, que quería conocer a mi hermano? ¿Qué iba a importarle nada que tuviera que ver conmigo?

Agarró una pluma y un papel y me los puso en la mano.

Vas a escribir los nombres de las personas con quien tuviste trato en la escuela esa. Todos a los que les hayas contado algo de ti, lo que sea.

Me sorprendió. No reaccioné, no me moví, no parpadeé.

A ver, mija, yo no soy de negociar, ya sabes. Esto lo estoy haciendo por ti. Cualquier día me muero y tengo que dejarte resuelto este cagadero que hiciste.

¿Cómo explicarle de Rosso y su piel blanca, las venas rotas, la mirada hueca? ¿Le importaría si le decía que no creía que se había suicidado? ¿La frialdad con la que había estado envuelto su cuerpo?

Papá se impacientó.

¡A ver, Rodrigo, tú!

Era un empleado nuevo o nunca le había puesto atención. No sé.

Papá se puso a caminar detrás de su escritorio, a manotear, encendió un puro, maldijo, lo apagó, le pegó a la mesa con el puño. Rodrigo estaba impasible. Era atento, enfundado en un traje gris y un corte de pelo muy hípster. Castaño casi güero. Muy distinto a lo que siempre reclutaba papá.

Rodrigo se sentó frente a mí, se presentó, me sirvió agua, me preguntó cómo me sentía y sonrió cuando levanté el pulgar.

Sentía que podía hablar nuevamente. Que debía abrir la boca y decir con sorna "inmejorable, como nunca, maravillosamente".

Mira, Lucy, comenzó. El tema es éste. Estamos ante una emergencia de imagen. Tu amigo Rosso estuvo investigándolas, a ti y a tu abuela...

¡Tu abuela ya está vieja, pero tú nomás estás pendeja!, interrumpió mi papá a Rodrigo, quien siguió calmado.

Tu amigo Rosso estuvo interrogándolas y grabándolas a ambas. Con sus testimonios, y alguna otra investigación, escribió un libro en el que involucra a tu papá y a sus...

151

Volteó, titubeó.

En el libro involucra a tu papá y te involucra a ti. Se acusa a tu padre de varios crímenes y delitos, envolviéndolo en una historia sentimental muy polémica y falsa, claro está. Sin embargo, tenemos que eliminar cualquier rastro de ese material. Sabemos que Rosso escribió el libro y que lo estuvo revisando su novia Amalia. Cualquier copia de ésas ya se destruyó. También lo de la gente que trabajaba en la editorial. Esos discos duros ya no existen…

¿Cuántos muertos van, Rodrigo?

Van siete, señor, dijo Rodrigo tan en calma.

¡Siete muertos! Todos de esa escuela de huevones, ¿tú crees que nadie va a atar cabos? ¿Tú crees que no va a salir a la luz que tiene que ver con esa novelucha que escribió tu novio?

Papá me gritaba cada vez más cerca y yo estaba aterrada.

Señor gobernador, si me permite, tal vez pueda platicar con Lucy en un lugar más tranquilo.

No. Ahorita mismo nos vas a decir con quién más estabas hablando, y te chingas.

Querían que metiera más nombres a la lista de la muerte.

No hay más, escribí.

Me pasaron otra hoja. Muchas hojas.

¿Cómo contarle a mi papá de los sueños de las múltiples muertes de Rosso, y de mi culpa en todas?

¿Quiénes Lucy?, ¿hablaste con tu amigo Max? ¿Él cómo se llevaba con Rosso?

Qué ridiculez, ellos ni siquiera se conocían. Sólo escribí en una hoja "Tengo sueño" para que ya me dejaran ir, pero no funcionó.

Rodrigo seguía instalado en su papel de amabilidad.

Sólo déjame reconstruir la historia. Tú eras muy amiga de Rosso, y Rosso, lo que tú le contabas, se lo contaba a Amalia, ¿de quién más era amigo Rosso? ¿Tenía más amigos? ¿Amiguitas? ¿Hablaba con su familia de estas cosas?

No sé nada, escribí, y ellos insistieron.

Papá dijo que no me levantara hasta haber escrito todo lo que sabía.

¿Cómo contarle a papá de las noches? ¿Del desierto?

Entonces sentí que entre tanta desesperación una sílaba se posó en mi lengua y, de golpe, lancé una frase.

Toda la vida me mentiste. Vi a mi hermana y me besó en la boca.

Es del querer el callar. Por eso tuve que decirlo, porque a ella no la quería, porque no podía sentir nada por otra mujer que hubiera salido de la misma vagina por donde yo salí. No podía sentir nada por ninguna mujer. Por ninguna vagina.

Y sin embargo, mirarla había sido un reconocimiento importante, un asentarme sobre la tierra y reconocer los pies plantados en un punto fijo. Ya no podría caerme por más que rodara el mundo.

Papá se puso histérico.

¡Cómo es posible que Rogelio esté metido en esto! ¡Tráiganme a Treviño!

Rodrigo pidió calma una vez más, pidió que me dejaran descansar, pero fue ignorado.

Llegó Treviño a confrontar a mi padre.

Sí, la señora Adria quería conocer a la señorita Lucy, lo confesó Rosso. Por eso llevó a la señorita Lucy a una cantina el día de su cumpleaños. El señor Rogelio estuvo de acuerdo.

¿Y tú que tienes que estar hablando con Rogelio?

Tenía derecho. La niña tenía derecho de saber. Yo pensé...

Era altanero. Orgulloso. Papá no le iba a tolerar esas ínfulas.

¡Y a ti quién fregados te dijo que pensaras!

Ya no era yo la interrogada. Treviño admitía haber estado en contacto con Rogelio, que "ellos" también tenían derecho, decía.

Papá gritó que para derechos sus huevos, que había arriesgado a su hija de la peor manera, que lo había traicionado.

No le van a robar nada. De cuando acá le tiene usted miedo al Lobito, si lo que más quiere es a su hija, así en la ignorancia como la tiene no la va a poder retener. Los lobos huelen lo que vuela en el aire, dijo Treviño, y supe que era la última vez que lo vería.

42.

El pueblo nos orilló a las afueras. La gente,
pues. Vivíamos en una casa de palos que levantó
mijo Eleazar, sin que nadie lo ayudara, no quería
a nadie cerca para que no nos juzgaran. Pero el
río se llevó la casa. El río nos regresó pal pueblo.
Ahí afuerita. Los niños estaban chiquitos. Mis
hijos vivían como siempre, como hombre y mujer,
pero no frente a las gentes del pueblo. Esa gente
no perdona. Aunque la ofensa no haya sido contra ellos, no perdona. Mija Tina tenía como ocho
años. Los niños, los de mijo Eleazar, estaban chiquitos. Tenían tres o cuatro y la gente ya les decía
cosas. Que si se iban a casar, eran del Diablo, que
eran malos. No dejaban que jugaran con los otros
niños. Eso fue lo que no soportó mija la grande,
que se metieran con sus hijos, que dijeran que eran
niños malos, sucios, que se aparecían en la noche
en las casas, que había que tenerles miedo. No teníamos para dónde irnos. El día que le aventaron
una piedra a la niña, a la chiquilla, Ástrid se lanzó
contra el huerco que lo había hecho. Si no inter-
viene tu papá, lo mata. No medía que eran fuerzas
distintas, que con los niños uno no se pone. No
pensó. Casi lo mata. Ya sabrás, nos odiaron más.

Pero Ástrid supo ganarse a los hombres, era coqueta, los envolvía. Eleazar no dijo nada, sabía que ella nos estaba salvando de que nos corrieran. O le hicieran algo a los niños. Eleazar no decía nada cada que un pelado se le acercaba a su mujer, apretaba los puños y aguantaba. Se hizo buen cazador. Allá se come mucho el venado. Acá no hay de eso. Se juntaba con los hombres. Ya hasta lo querían, lo respetaban, como si ya se les hubiera olvidado que él era el papá de los niños malditos, el que los había parido junto con su hermana. Mijo no tenía ni veinte y ya se veía como un hombre entero. Ya tenía dos hijos y respondía por una familia completa. No había quién se atreviera a ofenderlo, ni a burlarse de él por sus amores con su hermana. Y a Ástrid le empezó a gustar eso. Jugar. Ganarse a los hombres del pueblo. Venderles amores. Y Eleazar no quería pero la dejaba, yo creo que ya quería olvidarse de ella, cada vez venía menos a la casa. Tal vez ya quería casarse con cualquier otra, salirse de los suyos, olvidarse de que es un lobo.

No sé qué tenía en la cabeza. Dicen que mucho amor se convierte en mucho odio. Y yo le decía a mija: Ya no juegues, ya no lo provoques, sosiégate.

Pero era como si le dijera lo contrario, como si le buscara más hombres. Así son mis hijos, los tres, más los dos más mayores: no hay quien les diga qué hacer. No hay palabra ni ley que acepten, si no, ¿cómo es que mis hijos mayores desde niños ya eran amantes?

43.

Yo no cuestiono lo que tú haces como no se cuestiona la voluntad de Dios. No pido cuentas. No espero explicaciones. Tú mataste a mi hombre. El único que yo quería. Habiendo tantos tomaste a ése, al que me hacía desear continuar con vida. Tomaste lo más vivo que tenía.

Es como si hubieras tomado mi propia vida, y no te lo reprocho.

Pero me has tratado como a una niña todo este tiempo, cuando no se puede conservar ninguna inocencia viviendo cerca de ti. Cuando no hay pureza teniendo tu sangre dentro. Tampoco esto te reprocho. Me culpo a mí por haberte amado y obedecido como se obedece a Dios. Así te obedecí. Cerré mi boca para no protestar y mis ojos para no ver que Dios no miente. Ni es injusto. Dios no usa sangre para cubrir la verdad. Tú la usaste. Y todos estos años en que me sumiste en soledad, diciéndome que no tenía familia, ni madre, ni hermanos. Haciéndome ir por la vida como una huérfana. Una desvalida. Una desarraigada.

Así me hiciste ir. Creyendo que tú me bastabas. Como si para la vida bastara la noche.

Me llenaste la boca de palabras pero no me diste voz. Y así voy por el mundo, confundida, aturdida. Porque todo era falso: mi madre existe y tiene nombre. Y yo no soy una: somos tres tus hijos. Yo que me creía la dueña de tu nombre, la heredera. Somos tres. Dos que desconoces como si fueran una vergüenza, y yo. Que soy tu luz. Tu orgullo. Tu fuerza. Yo que vivo tu farsa.

No podría hablar con mi padre con la verdad de mi dolor. Acaso podría escribirle un par de preguntas que no harían que él revelara nada. Así es mi padre. Hermético. Así soy yo. Hermética. Puedo llevarme cualquier secreto a ese lugar donde van los mentirosos. A ese lugar que seguramente no es el cielo. Ya no habrá un cielo sin Rosso. No tendría manera de explicarle a mi padre que había deshabitado el único mundo que yo tenía.

O quizá quien lo había deshabitado era yo, al enviarle esas imágenes a mi padre. Al avisarle de la información que estaba en manos de Rosso. Me había dejado llevar por la rabia. Rosso no tenía por qué escribir de mí. Yo sólo había sido líneas de luces en su vida. Lo había transportado a momentos y lugares que sin mí jamás hubiera conocido. Le había enseñado a decir que sí y que no. Le había enseñado a decir Quiero y a merecer. Había abierto el cielo ante sus ojos y lo había puesto por estrado bajo sus pies.

Rosso no había querido habitar ese cielo.

Mi Cielo le había parecido poca cosa.

44.

Ya no esperábamos que naciera nadie más en la casa. Éramos mija Tina y yo, Eleazar, Ástrid y sus dos niños. Eleazar con Ástrid ya no tenía nada, por eso pensé que con dos niños se iban a quedar. No tiene nada qué hacer un lobo viviendo entre coyotes, eso lo sabía mijo, ya había juntado un dinero por unos negocios que tenía acá en la ciudad, pero todavía no nos traía. Yo creo que no sabía cómo hacerle con tanta vergüenza. Siempre quiso ser otro, nacer de otra tierra, no en ésta donde todo es biznagas y espinas. No en ésta donde lo único vivo era el cuerpo de su propia hermana. No sabía cómo irse así nomás, dejando a sus hijos. Yo creo que donde se ama mucho se odia mucho. Yo creo que él lo que quería era matarla. Sin más. Que desapareciera y ya. Fue la única vez que le tembló la mano. No tuvo valor de hacerlo él. Cuántas penas nos hubiera ahorrado si hubiera tenido la fuerza de hacerlo. Porque a partir de ahí, todo se fue para abajo, mija quedó como poseída, los chiquillos crecieron en el monte, como Dios les dio a entender.

45.

Amor es una palabra helada. De nuevo estaba en medio del desierto, el sol que me cegaba se escondería en unos minutos. Tenía la piel terrosa y seca, al igual que el ánimo. Traía un suéter muy delgado y estaba temblando, podría ser de frío, de cansancio por tener tanto tiempo ahí parada. Pasmada. Debía aceptar que mi vida comenzaba a quebrarse en ese momento.

Amor es una palabra torpe. No pude explicarle a mi papá por qué era importante que me dejara buscarla, cuánto me había dañado que me ocultara que siguiera viva, cuánto me dolía que Rosso hubiera preferido a otra. Cuánto pesaban las ausencias que traía dentro. Nunca nadie había intentado suicidarse por mí, mientras yo lo había intentado por todo y por todos.

Si te quieres largar, pues lárgate, y no te voy a dar tiempo para pensarlo. Es ahorita.

¿Pero cómo iba a ir yo sola a buscarla?

Si crees que esa puta te va a dar más de lo que yo te di, ándale, lárgate.

¿Pero cómo iba a ir yo sola?

Yo quise darte otra vida, otro destino. Si no te lo mereces, pues qué hago yo. Lárgate pues, pero te olvidas de mí y de todo. Esto ya no existe para ti.

¿Pero cómo iba a ir?

Yo no tenía ninguna obligación para contigo, ninguna para la hija de una puta. Y ahora me sales con esto.

Papá estaba tan fuera de toda razón que no dejó ni que lo abrazara.

Y lo de la huerca preñada, eso no se hace. Las mujeres no se tocan porque luego luego salen todos con que es feminicidio y te echan a los de la CNDH. Y aparte de mujer era estudiante. Ahora hay un camote legal grandotote que quién sabe en qué vaya a terminar.

Pero yo no. Mi lengua seguía lenta, ¿de qué servirían mis estúpidos post-it ante sus acusaciones?

Puedes matar vagos, policías, maricones, profesores. No mujeres ni estudiantes. Es más, los estudiantes son las nuevas mujeres. Pero… ¡a ver, chingado! ¡Si te vas a largar tienes cinco segundos para salir por esa puerta!

Atravesé la puerta con la fiereza y la fuerza que podría tener cualquier cuerpo de gelatina, dejando tras de mí la orden de que me subieran al helicóptero.

Una puta, fueron las últimas palabras que oí de mi padre.

46.

Donde se ama mucho, se odia mucho. Y el amor del desierto es el que más arde. Mijo ya estaba trabajando acá, ya era profesor, ya andaba en la política. Los hombres que llegaron al pueblo, hasta puedo jurar que él los mandó. Llegaron directo buscando a Estrellita. Todavía era temprano pero mija nos mandó que nos encerráramos, no le daban buen aspecto esos hombres. Sabía que no iban nomás a jugar. Comieron, bebieron, jugaron, se dejaron atender. Pero algo sentía yo, como en el aire, como una cosa pesada. Quería gritarle a mija que esos hombres no eran de fiar, que corriera como si fueran a matarla porque lo que le iban a hacer era peor que eso. Yo sentía como un aura, una cosa así bien pesada, algo aquí que no me dejaba respirar. Cuando se oyó como un aleteo, los hombres se desataron. Los hombres, las bestias, sabrá Dios qué eran. Hicieron con mija lo que quisieron y cuanto quisieron. Los niños estaban bien asustados, por más que yo quería que se durmieran, hasta acá se oía todo.

En la mañana llegó Eleazar, ya cuando amaneció, cuando había pasado todo. Él le quitó la tranca a la puerta. Preguntó por qué estábamos

encerrados, como si no supiera, y también preguntó por Ástrid, que estaba ahí tirada junto a un
mezquite. Ya todos se habían ido. Eleazar se trajo
en vilo a mija y se encerró con ella. De esa noche
del Diablo naciste tú, y a saber quién es tu papá.

47.

Mi amor nunca había sido una manifestación de fuerza. No habría forma. ¿Qué podría hacer yo contra los dos matones que me sujetaron de los hombros y, esposada, me subieron al helicóptero? ¿Escribirles que no me tocaran? ¿Qué podía hacer yo, 1.55, 48 kilos? ¿Qué podía hacer yo, silencio?

Esposada con las manos hacia atrás, no iba a darle al piloto el gusto de verme llorar. Lo descubrí mirándome, tal vez, con lástima, y sólo pude sacudirme para que el cabello me cayera sobre el rostro. Quiso decir algo, tartamudeaba. Él me había llevado muchas veces sin siquiera atreverse a mirarme a los ojos. Ahora me escudriñaba el rostro, poco le faltó para estirar la mano y retirarme el cabello.

Yo nada más cumplo, comenzó a decir, pero fingí que dormía.

En un acto inesperado, como previniendo que yo pudiera oír sus pensamientos, se quitó una cadena de bolitas niqueladas en la que tenía un iPod Shuffle morado, y me la puso. También los audífonos. Sólo había canciones norteñas que trataban del amor despechado, el de la venganza. El amor que se cansa de rogar y revierte el objeto de deseo: quien amaba inicialmente se convierte en amado, y ahora ignora a quien sufre por no haber sabido corresponder a tiempo el amor. Todas las canciones tenían que ver con Rosso, ¿qué más quieres de mí si ya todo te di?

La polvareda amarilla me hizo caer en la cuenta de que estábamos aterrizando. Todo era tan real y tan injusto. Yo no había pedido que Ástrid, o como se llamara, apareciera. Yo había hecho todo para que Rosso me quisiera y él sólo había intentado utilizarme.

Cuando bajé, el hombre me quitó las esposas y me acomodó el cabello. Mi primer acto de resistencia fue cuando retiré la mano para que no me quitara la palabra "Santa" de la muñeca, ni mi pequeño crucifijo, las cadenitas de poco valor que frágilmente seguían atándome al amor de mi padre.

Dijo su papá que ni un gramo de oro, que le llevara esto como señal de que la dejaba aquí.

Yo era Blanca Nieves. Mi corazón sería entregado en una caja de ébano.

Quise preguntar si todo eso era necesario: las esposas, el helicóptero, el destierro, dejarme en la plancha de los sacrificios.

Yo era Isaac.

El hombre titubeó. Tal vez vio mi blusa blanca transparente tan poca cosa a la hora de cubrirme del frío, a mí tan poca cosa a la hora de estar sola.

Le dejo el iPod, aunque sea para que se entretenga tantito, dijo y al instante cayó en la cuenta de lo inútil que había sido el gesto.

¿Es necesario…?, pregunté tan lentamente que yo también caí en la cuenta de que ninguna palabra tenía ya peso.

Creyó que me refería a las cosas que me había quitado.

Yo era la Caperucita Roja, y estaba extraviada.

Agradezca que su papá no me pidió la Glock.

Dio dos pasos alejándose de mí. Titubeó. Me dijo que esperara, como si pudiera irme a algún lado. Bajó una maleta pequeña y la puso junto a mí.

Es su ropa, se suponía que íbamos por usted para llevarla a Houston.

Ropa y un iPod para defenderme de los coyotes, dije con sorprendente fluidez.

Y esto, dijo él, dándome unos billetes que miré con el asombro de recibir por primera vez efectivo.

¿Y qué hago con los coyotes?, insistí.

Si usted le tiene miedo a los coyotes, qué me deja a mí, que ahorita voy a ver al Lobo.

48.

Fíjate que al principio se quedó contigo por pura lástima. Tu mamá estaba tan lela que hasta te le caías de los brazos, y ni esfuerzo hacía por recogerte. Mejor te cuidábamos mija Tina y yo. Eras una cosa muy chiquitita. Así. Chiquita. Tal vez por eso tu papá se quedó contigo y mandó a los otros a las faldas del cerro, para olvidarse de ellos, al grado de decir que era viudo con una hija única. Es que eras muy bonita. Te miro y es como si la mirara a ella. Hace muchos años que no veo a mija. Ella ni se ha de acordar de mí. No sé si viva todavía. Una vez la vi en una boda pero se hizo como que no me conocía.

49.

En medio de la arena decidí que tras una vuelta de ruleta rusa me pegaría un tiro en la sien. El piloto del helicóptero había titubeado en el momento en que se iba, había retrocedido y me había puesto un puñado de balas en la mano. Como sobreviví, caminé en pantuflas hasta la carretera para ver si pasaba un autobús que pudiera llevarme a alguna parte. En mi fragilidad pienso en la cicatriz de mi entrepierna: tú no puedes perder, tú puedes hacer todo lo que tú quieras porque tú eres una puta. Y una asesina.

Tenía frío y estaba a punto de oscurecer. Yo era nuevamente una chica delgada, en short y suéter, sin maquillaje, sentada, sola, en medio del desierto. Pero eso para mí ya no era el cielo. El amor de Rosso en infierno se había convertido.

Ya casi ni me paro. Creí que era un fantasma. Por aquí se ven muchos. Si no fuera por la maleta rosa me paso de largo porque, pos, ¿qué fantasma va a traer una maleta rosa? Ninguno, ¿verdá?

Mi habla era tímida y entrecortada. Le agradecí al chofer que se hubiera detenido. Desde el corazón le agradecí al piloto por el dinero que me había dejado.

Estaba cerca de Matehuala. La carretera era un mar, una corriente de arena que me conducía a un puerto al que nunca arribaba. Un mar que me mareaba en su vaivén, me sacudía, quería tumbarme del camión para tragarme y hacerme desaparecer para siempre, así como ya había desaparecido de la memoria de mi padre, del corazón de Rosso, de la preocupación de Treviño. No pude cerrar los ojos en toda la noche ni pude dejar de ver cómo el pavimento del camino se alzaba para amenazarme, recordándome que ahora sí era huérfana, que la única protección que me quedaba era la fragilidad de mis huesos y mi Chaparrita Consentida.

Yo tenía colgando del cuello el iPod Shuffle, era lo único que podía apretar entre la mano izquierda al apuntar con la mano derecha. Lo único que podía sostener entre las manos si quería hacer una oración.

No mediste el daño que me hacías. Mira lo que han hecho tus mentiras.

En el camino hubo un par de retenes del ejército. Coloqué en ambas ocasiones mi arma debajo del asiento de al lado, que se encontraba vacío. A algunas personas les pidieron identificación, en el segundo retén bajaron a un hombre y el autobús se fue sin él. A mí sólo me vieron y me saludaron, no me pidieron identificación ni me revisaron las cosas, como a otros.

Antes me había visualizado en ese mismo camino llena de alegría. Pero los caminos son distintos cuando se piensan a cuando se viajan. Ástrid para mí no significaba ninguna esperanza.

¿Por qué me matas siempre que me miras?

Llegó la mañana a mi cara deshecha. Ojos inflamados, la nariz enrojecida. Me limpié la cara con una toallita y quedó como borrada: ésa era yo a partir de ese momento. Sin identidad no tenía dinero, no tenía familia ni amigos. Sin identidad sólo era yo.

Aquí termina Nuevo León, fue el letrero que me dio la bienvenida al infierno.

50.

Mijita, no mires así a tu hermano. Y ella me respondía que no sabía cómo. Así, no lo mires así, ya es muchacho, y nada más se reía. Soltaba la carcajada como si estuviera haciendo una gracia. Era dos años más grande que él, el Eleazar ya estaba alto. No tuvo que andar de cuzco. Ella le enseñó a querer.

51.

Después de marcarle muchas veces a papá, recibí un mensaje de texto de un número desconocido: me pedía que ya no insistiera. Pregunté quién me escribía y no recibí respuesta. La central de autobuses del DF era un nauseabundo mar de gente que se me iba encima, me empujaba con todo y maleta, se me restregaba a su paso. Pude irme a un rincón. Dudé. No quise sentarme en el piso. Como un amuleto, traía la tarjeta que Ástrid me había dejado. "A", y sólo un número telefónico.

Nena: no sé si estoy ebria o muy drogada o muy triste, ni sé para qué te di mi número, pero espero que disfrutes tus vacaciones.

Y colgó.

Eso era todo. Había arruinado mi vida y sólo obtenía que ella me colgara el teléfono.

Volví a marcarle. No le importaba que estuviera ahí sólo para verla. Que mi papá me hubiera corrido. No le provocaba ni tantita lástima que se me quebrara la voz al decirle que no tenía a dónde ir. Volvió a colgarme.

Le marqué a Max. Le pedí que me mandara un chofer que me llevara al aeropuerto y me comprara un boleto a Roma.

Lo haría y lo sabes, pero ya nos avisaron que no te ayudáramos. I can't. I'm sorry, baby, I can´t. No debería ni tomarte la llamada.

También me colgó.

No me había matado el desierto pero iba a matarme esa ciudad de olor a orines. Tal vez con los billetes que me quedaban podría tomar un taxi, pero no hay manera de volver a casa cuando ya no hay una casa.

Recibí un mensaje de texto. Tenía una dirección en la colonia Guerrero. Decía que ahí podría dormir, una mujer con una toalla enrollada en la cabeza me abriría la puerta. Yo no debía dar ninguna explicación.

¿Quién eres?, contesté.

Quieres dormir en un lugar seguro, o seguir llorando abrazada a tu maleta rosa, con tu suéter beige sucio y la pantufla rota.

Tal vez un ángel, tal vez Treviño, o tal vez Dios me estaba ayudando. O Satanás, porque lo siguiente que tuve que hacer fue bajar por las escalinatas del metro, como quien desciende al Hades, entre aromas, empujones, caras, alientos.

La primera vez, en cuanto descendí tres escalones tuve que regresar. Me estaba ahogando. Pero afuera tampoco había aire. El ambiente era una bolsa infecta que nos contenía a todos.

Yo era tan libre en esa ciudad tan libre, que tenía miedo. Libre de Dios. Había tantas personas que no existía rastro de humanidad en ellas: se empujaban, toqueteaban, se arrebataban los bolsos. Tantas personas que no había espacio para Dios.

Con la mano izquierda sujetaba mi iPod Shuffle, con la derecha mi maleta. Entre mi piel y la tela de mi playera llevaba mi Chaparrita Consentida.

Viendo cómo hacían los demás compré el boleto, hice el trasbordo según las instrucciones, me dirigí al último andén. Sin soltar nunca mi maleta rosa, que para ese momento ya había tomado un tono grisáceo disparejo, vomité en la canaleta junto a la pared.

Más eterno me pareció el viaje de la central a la colonia Guerrero, que del desierto a la Ciudad de México.

Seguía de prisa por ese laberinto infinito y alguien me pidió un cigarro. Pero yo no fumaba. Intentaba caminar de prisa. Me sentía tan necesitada de luz, de algo de belleza. No podía dar ni medio paso sin tropezarme con varias personas. El olor, nunca había sentido nada así. Dejé pasar varios vagones hasta entender que nunca llegaría uno con suficiente espacio. Al fin pude entrar y repegarme contra un tubo. Sin soltar la maleta, sin dejar de tocarme las costillas para asegurarme de no perder mi arma.

52.

Después de que la niña volvió a hablar, Eleazar se la ofreció al Señor. Como una manda, le prometió que la niña nunca estaría desarmada mientras estuviera en el país, como si aquí hubiera Dios y afuera no hiciera falta. La mandaron a hacer la banda que usa a la altura de las costillas del lado izquierdo. Una funda de piel de visón. Imagínate. Puras chiflazones. Como es menudita, no se le nota nada. La niña come, duerme, se baña así, empistolada.

Hemos creído en todo: en Dios, en la Virgen... hasta en el Diablo. Pero a Eleazar nunca le basta nada. Se le había metido en la cabeza que alguien le iba a matar a su hija. A su ángel. A su todo.

Yo voy a hacer mi trabajo, tú haz el tuyo. Y si me la secuestran, que la pistola la traiga siempre, para que pueda matarse antes de que la hagan sufrir. La prefiero muerta que maltratada otra vez. Prefiero morirme yo, a que me la humillen.

Esa niña se la ofreció a Dios, por eso le cambió el acta de nacimiento, le puso "Santa" como segundo nombre. Se la ofreció a Dios, pero yo creo que Dios no la quiso.

53.

Caminando llegué al lugar de las indicaciones.
Pensé que debía haber algún error, otra colonia
llamada "Guerrero", otra calle, otro edificio. No
podía creer que ahí viviera gente. Tras pasar un patio
lleno de plantas en cubetas, mosaicos rotos, tubos
y cachivaches regados, toqué la puerta que me dijeron. Efectivamente, abrió una mujer con una
toalla enrollada en la cabeza y los diez dedos llenos
de anillos de plata. Fumaba como si respirara.

Señorita, pase, ya me avisaron que venía.

Obedecí la regla de no hablar con ella, me
limité a sonreír. Me condujo un piso más arriba,
a un departamento sin muebles ni mosaicos en el
piso y de ventanas desvencijadas. Quise preguntarle
si era una broma.

Aquello parecía un palomar de tan sucio. Lo
único que había era un enorme espejo viejo en
forma de semicírculo, manchado, opaco. Un mue-
ble que en algún momento había sido caro. ¿Cómo
se habrían convertido en chiqueros esas mansiones
viejas? Nada se encendió cuando presioné el inte-
rruptor de la luz.

Ay, la luz, ya sabe, ni la han arreglado.

Se fue y volvió con una áspera cobija.

Si necesita algo, me avisa. Me dijeron que yo no la molestara, y pues, con permiso.

Se fue definitivamente.

Era un lugar tan deprimente que si alguien llegaba a matarme, por mí estaría bien.

O dormía en esa cobija llena de humo de cigarro, o lo hacía en el piso con excremento de gato y palomas. ¿Cómo usarla para dormir, si de sólo sostenerla con la punta de los dedos me hacía sentir repulsión? ¿Cómo dormir sin temer que llegaran a comerme las ratas?

Estaba en una de las ciudades más grandes del mundo, lejos de cualquier Dios a quien pudiera orarle. Como quien siembra la semilla de un rito, como quien por primera vez une las palabras de una oración, repetí:

Estoy tranquila porque sé que hasta la última letra de tu nombre olvidaré.

Y al rezarle a Rosso quise mirar su foto. Fue cuando me di cuenta de que me habían robado el iPhone.

54.

Pasé tres días dentro del departamento. Había otras cobijas viejas, encima puse la que me había prestado la mujer. Alguien había dejado una barra de pan y eso fue lo que comí. Cada que oía pasos cercanos me estremecía, podría venir alguien a sacarme en cualquier momento, o a agredirme. Tal vez el dueño de las cobijas iría a reclamar su espacio.

Podía quedarme horas frente a la ventana pero a donde quiera que mirara todo era suciedad y miseria. Se veían las calles, los autos atorados en el tráfico y otros edificios igual de tristes que el que habitaba. Cualquiera con un rifle podría pegarme un tiro.

Los niños tirados en la calle como si fueran un bulto más de basura ensombrecían el nulo ánimo que me quedaba. No podía más que asociar la fealdad con la tristeza y la desgracia. Una ciudad que yo no conocía me mostraba sus sucios genitales.

Me daba miedo dormir con la pistola al alcance de la mano. ¿Qué tal si, de tan triste, decidía volarme la frente? ¿Quién le diría a mi papá? La soledad es morir y que nadie se entere. Podría morirme y nadie se daría cuenta en semanas.

Extrañaba a papá. Si pasaba las noches llorando era por papá. A él, que toda la vida me había dado todo, se le hubiera partido el alma de ver a su hijita durmiendo en una cobija vieja, en un cuartucho sin una pinche silla, sin la luz de un foco.

Sentía que me trataba a mí misma con desprecio, que más que traicionarme a mí, traicionaba a mi papá. Y es que todo era tan sin Dios en esa ciudad.

Por eso lo único que me quedaba era rezarle a Rosso.

Enséñame a olvidar, enséñame a vivir sin ti.

55.

La primera mañana, al despertar, me dio miedo tanta soledad: la última oscuridad que quedaba de la noche, la más reacia, la más dura. Darme cuenta de que estaba sola: nadie me prepararía el desayuno, nadie habría estado haciendo guardia afuera del lugar donde había dormido, nadie limpiaría mi habitación, ni habría nadie que me llevara a donde quisiera. Quise que quien fuera hablara conmigo, lo escucharía con toda mi atención aunque me dijera las cosas más intrascendentes. Lo irracional sería marcarle a Ástrid o como fuera que se llamara mi hermana, sin embargo era lo que más deseaba. Lo pensé mucho pero no bajé a la calle. Me disuadí pensando que ni siquiera sabía usar los teléfonos públicos. Volví a dormirme pero despertaba a cada momento al menor ruido. Cuando cayó la noche estuve casi todas las horas despierta, acostada sobre los jirones de cobijas que sabrá Dios quien había dejado y por qué.

Hay noches que no se sabe si llegará la mañana.

Al siguiente día quise bañarme. En la ducha no había shampoos ni jabón líquido con olor a toronja. Tampoco la crema que debía usar diariamente para la prevención de sarpullido. No había manera de consentir mi piel sensible más que con el agua fría de la regadera. Mi piel tiene una memoria perfecta, guarda todo lo que yo quiero olvidar. Eso a lo que pienso que debo aferrarme y luego deseo que nunca hubiera existido. Mi piel bien podría ser un diario. A veces quisiera escribirme encima "sola", "santa" o "libre", pero no quiero que nadie más que yo sepa leer mi piel. Entonces sólo me corto en las piernas o en los brazos. Cuando muera, quien encuentre mi cuerpo desnudo nunca sabrá lo que ahí dice.

La primera cicatriz me la hizo mi abuela el día que secuestraron a papá, cuando yo era niña. La tengo en el hombro izquierdo. Esa marca dice "pelos negros de cuervo". Me gusta pasarme la mano por mi cicatriz y tocarla, con ese realce suave que acaricio y acaricio. Nunca he dejado que ningún médico me la quite. Me gusta tocarla y repasar esa historia: "pelos negros de cuervo". Es una historia que, aunque vive en mi hombro, siento que le pertenece a cualquiera menos a mí. La siento como una historia de mi abuela, de mi papá porque fue el día que lo secuestraron, de Treviño porque él fue quien me quitó antes de que mi abuela me hiriera gravemente.

La historia de mi cicatriz es más historia de Treviño que mía porque si él no me hubiera quitado, mi abuela me hubiera matado. Además, Treviño alcanzó un trozo de esa cuchillada en la mano. Él y yo compartimos esa cicatriz.

Esa marca dice la palabra "abuela". Otras heridas de mi piel dicen "Rosso", "papá", "Ástrid", "Estrella". Ninguna dice "Treviño", no hace falta porque Treviño y yo compartimos la misma cicatriz.

También tengo una cicatriz en la entrepierna. La toco cuando siento que me voy a morir. Esa insiste en que soy una puta. Una puta y una asesina.

56.

Si la muerte no llegaba por mí, tendría que salir a buscarla en la calle. Y ahí estaba. Los niños regados en el suelo como cacharros, sus manos lustrosas de tanta mugre, la estopa llevada a la nariz. El hambre. ¿Quién tiene hijos para tirarlos? ¿Quién ve hijos tirados y no se asume madre? Yo no podía. Era una hija, ahora huérfana. La muerte andaba en las calles en la figura de una jeringa tirada junto al semáforo. Nunca había estado en una ciudad con tanta gente. A cada dos pasos tropezaba con alguien. Caminaba hacia el centro, hacia el corazón de tanta mugre. Tal vez el Zócalo sería un espacio abierto en donde pudiera pensar. O donde me cayera una bala perdida.

Un hombre llevaba cargando dos enormes figuras religiosas. En la mano derecha, recargada en su hombro, llevaba a la Virgen María. En la mano izquierda, llevaba a la Santa Muerte. Ambas figuras medían casi un metro cada una. Me miró a los ojos.

A ti cuál te protege, güera, cuál te llevas.

Se acercó tanto, que tuve a la Santa Muerte a pocos centímetros de mí.

Volví la mirada. Retrocedí.

Cuál te llevas, güera, barata. Cuál es tu patroncita.

Había visto en fotos a la Santa Muerte pero la impresión de tenerla tan cerca me causó repulsión. Una oleada de olor a encierro me llegó de golpe. Necesitaba aire.

A cuál le rezas.

No podía alejarme rápidamente. El hombre seguía atrás de mí.

Cuánto traes.

Me perdí entre la gente. Volteé. El hombre miraba hacia los lados. Tan desprovisto de Dios. Tan mendicante. Los ojos de quien no sabe si esa noche tendrá un techo.

Y las imágenes tan nítidas en mi mente, tan revelador me resultaba que me ofreciera dos opciones de culto. Cómo si sólo hubiera dos. Hermanas y complementarias. Dos opciones para sobrevivir en esta ciudad. Yo no podría hacer de ninguna mi objeto de veneración, la luz de mi fe. Si alguna vez rezara a una mujer me convertiría en parte de esta ciudad. Preferiría mucho antes morirme, pero ni a la plancha donde estaba depositado el centro del mundo llegaba ese rayo fulminante, enceguecedor, nítido, a partirme en dos.

La Ciudad de México, con sus millones de caminantes, parecía estar en perpetua procesión.

Ferrán había intentado en múltiples ocasiones llevarme de vuelta al catolicismo. Incluso he pensado que el propio orgullo por su fe era lo que lo hacía querer ser italiano. Cada año, en Semana Santa, seguíamos una procesión de alguna ciudad pequeña, oíamos misa en el Vaticano, recorríamos descalzos caminos marcados por la fe. Ferrán pidiendo, quizá, poder olvidar su origen latino. Yo pidiendo ser normal, ser feliz, no necesitar dormir todo el día. Tener una familia.

Pero aquello había acabado y mi procesión ya era otra, la confusa, la que incluía a todos los credos en la ciudad más grande del mundo.

Yo te venero, dije al viento, o a Dios que ya me había olvidado, o al ruido que no había dejado que se alejaran mucho mis palabras. Mis palabras que iban y venían a su antojo, por eso era mejor hacerme la muda, fingirme la sorda para no tener que contestar, fingir que la vida de nadie me importaba porque yo estaba sobre todos.

Yo te venero, le decía a Rosso, si acaso podía escucharme.

Como antes. Como en la película de Ferrán. Él había decidido tener una gran escena de una chica llegando en helicóptero a uno de los hoteles más extravagantes de Ischia. La chica tomaba de la mano al primer botones guapo que encontraba y lo arrastraba con ella al bar del lugar. Ahí, pedía a gritos cantidades exageradas de alcohol para ella y su acompañante, pedía tanto que no podrían beber todas las botellas en un año. Ella tenía esa belleza, esa manera de exigir y gritar que hacía sonreír a quien recibiera la bendición de poder servirle, esa invitación a un mundo en el que se podía hacer cualquier cosa. La gente poco a poco iba siendo desalojada para que la chica pudiera disponer del lugar a su antojo. No era algo que ella hubiera pedido, era algo que se hacía por protegerla, por que no le tomaran fotos, por que no saliera en los diarios mientras una a una se iba quitando cada prenda, agobiada por el calor, arrebatada de vida.

"Reina", "Reina del cielo", le decían los meseros italianos porque la chica era latina y no soportaba que le hablaran en otra lengua que no fuera la suya. "Regina", le decían a sus espaldas porque la palabra "reina" no les significaba nada.

Era una escena que había costado cuatro millones, y que no tenía realmente nada que ver con la historia. Podía eliminarse fácilmente y la anécdota seguiría su curso. Pero esa escena, que había sido un exceso, había servido para que la prensa se volviera contra Ferrán, el niño bonito que del modelaje se había pasado al cine de arte porque creía que tenía talento, por moda, por curiosidad, porque podía gastarse cuatro millones y cuantos quisiera en una película que nadie tenía interés en ver.

¿Qué pensaría Ferrán ahora de mí? ¿Cómo aparecería yo en su nueva película? ¿Sería digna de aparecer otra vez o ya no resultaba una historia interesante?

Una chica desnuda y extraordinariamente bella baila en medio de un elegante y vacío bar, y a nadie le importa.

57.

Yo era una chica en medio del mar de sudor de empujones, olores y humores en el Zócalo. Ahí había otra estación del metro. La gente horrible que lo habitaba se había salido e inundaba toda la ciudad. La muerte no llegaba por mí. El hambre sí.

Pensé que los billetes me durarían algunos días, pero la mujer del café de chinos sólo me devolvió algunas monedas. Las conté después de comer esa sopa tibia y espesa que preferí ignorar de qué era. Eran dieciocho monedas. Dieciocho pequeñas y sucias monedas descansando en mi regazo, donde se habían adormilado los hombres más bellos, la tigresa más luminosa, un panda rojo, un koala, la borrega bizca más noble. Dieciocho sucias y frías monedas. Ni siquiera una por cada año de mi vida. Tal vez podía comprar un pequeño radio, chocolates, una lámpara de gas o una cobija. Tampoco es que necesitara tanto. Cuando se acabaran las monedas sería la señal de que, con la sonrisa simple de quien no tiene nada que hacer en este mundo, ya sea una chica que baila desnuda y ebria para nadie, alguien que tira dinero en una película insulsa o alguien que tiene que viajar en metro, me daría un tiro en la frente. La feliz sonrisa de quien no le pide ni le da nada al mundo.

Las monedas reposaban sobre mi faldita verde militar, una que nunca antes me había puesto porque no me llamaba mucho la atención. Pero viéndola bien, era bonita. Quizá, sin saberlo, esa mañana había elegido la ropa con la que moriría. Podía volver a enfrentarme al espejo del oscuro departamento, o descender al infierno y arrojarme al metro. Nunca he sentido apego a mi vida. Si moría, quizá en el infierno habitarían los personajes de Buñuel. O los de Rulfo. Nadie reclamaría mi cuerpo. Nadie pensaría en mi cuerpo. Nadie rezaría por mi cuerpo. Mucho menos por mi alma. Nadie extrañaría mi tibieza entre las sábanas. Entre tanta gente, yo sólo era un pegote de carne y huesos, como todos los demás. Ganado sin ningún valor.

La gente monstruosa del metro inundaba toda la ciudad. Me ahogaba esa gente ordinaria que jamás sabría quién era yo. Quién había sido yo. Gente que jamás conocería la deliciosa modorra de habitar en El Cielo. De haber habitado en El Cielo.

Necesitaba espacio. Necesitaba la carretera. Qué putas ganas de recorridos a alta velocidad, calles vacías, rechinidos de llantas, de que me atacara el frenesí o la más honda amargura, de encararme con el sinsentido, de tener un amigo nervioso y alterado que no desacelerara cuando yo no le pidiera que lo hiciera. Que nunca desacelerara, que estuviera más alterado que yo, que nos perdiéramos en las calles de la noche, que la ciudad girara alrededor de nosotros, que nos estrelláramos.

Habiendo tenido oportunidad de morir en los más elegantes medios de transporte, me rehusaba a morir en el metro hediondo de la Ciudad de México. Pero estaba sola. Únicamente tenía un arma. Podía volarme ahí la cabeza. Arrojar mis monedas, que serían recogidas en medio segundo, que llamarían más la atención que mi cuerpo al caer.

58.

¿Eres policía?

No.

Como me hablaba por mi nombre, como sabía quién era yo, como estaba adentro del departamento cuando volví, como puso un billete de doscientos pesos en mi mano, extendiendo así mi vida, seguí sus instrucciones. Todas.

Debía tomar el metro, llegar a la estación Chilpancingo, buscar la calle, dar con la casa. Las escaleras oscuras me condujeron a una puerta estrecha. El hombre que abrió me preguntó si sabía trabajar en todo.

No. En nada.

En el edificio había letreros que lo anunciaban como imprenta, incluso había una recepción para atender a los clientes. Sin embargo, adentro no había maquinaria, ni escritorios, nada. Contrariamente a lo que esperaba, que me dirigiera a alguna oficina, el hombre me llevó a la terraza del edificio. Se puso a fumar, con toda la calma del mundo, sin mirarme, y tuve que aguantar las ganas de volver el estómago. Cuando le dio por hablar, lo único que me dijo fue:

Vas a estar de ocho de la mañana a ocho de la noche. Se te paga al finalizar el día, y día que llegues tarde no se paga. No tienes hora de comida, y aquí se trata de reaccionar rápido, trabajar rápido. Si no te apuras o no nos gusta como trabajas, te vas.

Pregunté qué era lo que debía hacer y me contestó que lo importante ahí era estar callado. Con cualquier indiscreción me coserían la boca. Lejos de sentirme incómoda, agradecí que hubiera un lugar donde se valorara mi silencio.

Mi tarea, lo supe al día siguiente, era contar dinero y hacer montones de cien mil pesos, envueltos en plástico de cocina. Al terminar el turno nos pagaban en efectivo y solamente con monedas. Quién sabe si ese negocio pertenecería a Treviño. O a mi papá. De sólo pensarlo el corazón se me alegró: significaría que Eleazar no me había expulsado del todo, sólo me estaba dando una lección y cualquier día me llevaría de vuelta con él.

Tal vez mi papá era Dios y en su omnipresencia estaba cuidando todos mis pasos.

Ése fue mi primer trabajo.

El edificio olía a humedad. Otras cuatro mujeres y yo actuábamos en silencio. No podíamos ni preguntarnos los nombres, dar los buenos días, nada.

Al menos saliendo de ahí tenía dinero para comer. Descubrí una cadena de restaurantes que abrían las veinticuatro horas. La comida era medio nefasta, pero estaba caliente, y era lo que podía pagar.

Un edificio sin ventanas, un olor a ganas de suicidarse, eso era mi trabajo. Había hombres armados en la entrada y en las ventanas. Al entrar dejaba mi pistola y a la salida me la devolvían. A las mujeres nos cuidaba un viejillo metido en un traje verde barato que les tocaba las nalgas a mis compañeras. Todo lo hacíamos en silencio, sólo los hombres tenían derecho a hablar.

Cualquier día el viejillo iba a tratar de agarrarme las nalgas y yo no sabría si permitírselo con tal de conservar el único empleo para el que no necesitaba experiencia.

En las noches al llegar a mi departamento quizá mi llanto se oía en todo el edificio. En esta ciudad tan llena de todo no había lugar para el silencio. No cabía ni Dios.

59.

Las monedas no duraban en mis bolsillos. Con tres compraba una tarjeta telefónica para marcarle a Ástrid. A veces sabía que estaba del otro lado de la línea, escuchando, y sólo decía "ajá" cuando creía que dejaría de hablar si no tenía una señal suya. Hablaba de Rosso, de Ferrán y de Gretel. Nunca mencioné sus nombres: el chico que había querido, con el que había vivido, mi borrega. Decir sus nombres sería contarle mucho, y ella no me había contado nada a cambio. De pronto la tarjeta expiraba y se cortaba la llamada a la mitad de una descripción de mi mascota, de sus mañas para abrir las puertas y balar desde el pasillo para despertarme, del tacto de su nariz fría.

Había tenido que vencer mi asco a los teléfonos públicos. La primera vez que levanté uno, al poner el auricular en mi oreja no daba línea: estaba embarrado de algo que parecía galleta con chocolate. La gente vive en las condiciones que ella misma provoca, merece las condiciones en las que vive. Yo era parte de esa gente.

Mi frágil voz no entendía esta ciudad tan hablantina, tan exasperante. El "perdón, eh", "con permisito", "provecho", "mamacita", "¿vas a bajar en esta estación?".

Despojada de mi iPhone, no tenía manera de hablar con nadie que hubiera sido parte de mi vida anterior.

Quizá podría escribirle un correo a Ferrán, sincerarme con él y contarle lo que me había pasado. Pedirle que me comprara un boleto para volar de regreso a Roma. A Ferrán podría contarle todo, cualquier cosa. Pero contarle así, dejarle mi mayor humillación por escrito, que estaba totalmente abandonada por todos, absolutamente sola, que por más que me bañara con agua fría no podía sacarme el sentimiento de culpa. Necesitada.

Sería el correo más patético del mundo. Me avergonzaba solamente el hecho de pensar en dejar ahí las primeras palabras: "Te necesito".

Debía ser una figura ridícula ahí parada junto al teléfono público, desconcertada con una tarjeta agotada colgando de la mano. Con veinte pesos en la bolsa decidiendo si gastar diez en el ciber café. Sopesando los riesgos de gastar, decidiendo si podría con la humillación de contarle a Ferrán, sobre todo por escrito. Pensando las palabras: "Te cuento que papá me echó de casa. O no me echó, pero no me deja volver ni con él ni a su vida. No quiere saber nada de mí. Murió el chico que era toda la luz de mi vida. Resulta que tengo una madre biológica.

Se llama Ástrid. Ella tampoco quiere saber nada de mí. Pero a ella no la vi, parece ser que a quien vi en Monterrey fue a mi hermana. No sé cómo se llama pero también le digo Ástrid. Y yo estoy en la capital del país, en medio de la nada. Esta capital no es tan bonita como en la que vivimos. Nadie quiere saber de mí. Nadie me dice cosas lindas como que debería ser modelo, que debería ser actriz. Nadie me invita a pasar fines de semana en destinos agradables. Necesito que me compres un boleto para poder regresar a casa". ¿Así? ¿Sin ningún "te extraño"? ¿Sin ningún "en las noches me toco pensando en ti"? ¿Así, con verdades a medias? ¿Sin poder decirle "me toco pensando en ti, en Rosso, en Adán, en Treviño, en todos…"?

Y si Ferrán me comprara el boleto, ¿tendría el valor de irme sin haber conocido a Ástrid? Mi carta total y absolutamente sincera para Ferrán tendría que ser una donde le dijera de su olor y de mi necesidad de volver para estar con él y dejarlo luego, para buscar a todos mis hombres. Que cuando vivía con él me sentía oprimida, esclavizada, por eso lo extrañaba cuando me iba a Monterrey y lo buscaba en todos los regios. Que lo amaba porque sabía todo de mí, hasta eso. Que lo amaba porque con él podía hablar de Rosso. Necesitaba volver con Ferrán, estar en paz para rezar por el perdón de Adán y Rosso. Ésa debía ser mi carta sincera, mi declaración de amor a Ferrán.

Seguía parada junto al teléfono público, cansada pero sin atreverme a recargarme en la pared. A media cuadra vi a un chico con el cabello algo largo y suelto. ¿Caminaba hacia mí? Ojeroso. Radiante. Ese chico, lo supe en ese momento, no tenía un miserable trabajo de seis días a la semana, no tenía un horario de llegada ni de salida. Simplemente vivía y hacía lo que quería. Ese chico que latía así, en su propio espacio, para sí mismo, no se veía afectado por la falta de aire ni por la falta de Dios. Él era solo y no necesitaba nada, era pleno en sí mismo, era su propio Dios y su belleza era su testimonio. No veía a nadie, ni siquiera volteó a ver a la rara junto al teléfono público: se bastaba a sí mismo. Sobraba. Tenía una playera blanca desgastada y unos pantalones de mezclilla baratos. No necesitaba más. Irradiaba tanta luz que seguramente hacía arte, supuse que hacía cine, como Ferrán, o fotografía. Tal vez era artista visual.

Abrió la puerta del Chevy rojo estacionado junto al teléfono. Lo abordó y le quitó el bastón del volante, uno de esos que la gente utiliza para proteger los autos baratos que nadie quiere robar. A menos de un metro y medio de distancia yo seguía mirando su rostro y él ni siquiera se daba cuenta. Su facciones me eran tan familiares que en él pude mirar el rostro de Rosso, aparte de su complexión delgada, y la estatura. Su cara era como si hubieran mezclado la cara de Rosso y la mía. Era como si ese chico fuera nuestro hijo.

Arrancó y se fue. Cuando yo más lo necesitaba se fue.

Me paré donde antes había estado el Chevy y lo seguí con la mirada hasta que se perdió de vista.

El auto tenía sobre la puerta trasera el nombre de un grupo musical que había escuchado un par de veces en la estación de radio hípster que sintonizaba el viejillo de traje verde para, según él, ver qué oían los jóvenes. El grupo ni siquiera era famoso, regalaban los pases para sus tocadas. Seguramente todavía ni tenían fans que pusieran calcas con el nombre de la banda en sus autos.

En vez de irme gritando como loca detrás del auto, entré al ciber y busqué el nombre de la banda. Buscando las fotos de los integrantes, di con el mío, Bruno. Vi sus fotos, los videos, los mensajes que le ponían en su site, me enteré de que vivía con una chica, dónde tocaría el grupo próximamente. Bruno. Vi las mismas fotos muchas veces, sin dejar de estar al pendiente del tiempo.

Quise entrar a mi cuenta de Facebook, pero al parecer, había sido cancelada. A mi correo sí pude entrar. Cuando todavía me quedaban catorce minutos para agotar mi hora, le escribí a Ferrán la versión sincera de mi petición. Terminé mi correo con:

"Afuera había un chico. Ni siquiera se me acercó. Ni siquiera puedo hablarle porque es como si yo ya no fuera nadie. Mi voz, cuando puede oírse, ya no tiene nada qué decir. Eres mi puerto. Necesito regresar contigo para poder irme con todos."

60.

Yo sólo era una chica morena de baja estatura y negro cabello lacio muy largo. Yo era como cualquiera de las chicas de esta ciudad. Como cualquiera de ellas, me dije al descubrir mi reflejo en un edificio de Reforma. Al salir del trabajo, en la estación del metro, había comprado unos flats porque los zapatos altos me mataban. Mal hechos y de material corriente, increíblemente los flats me habían costado lo de medio día de trabajo. Al verme así, tan bajita, con mis rojos zapatos baratos y feos, supe que era como cualquiera de ellas. ¿Así se sentía ser pobre? ¿Ser pobre era ser imperceptible, tan común como todos, una copia de los otros, pertenecer a una comuna de elementos genéricos?

Alguna vez, mientras esperábamos para entrar a clases, Rosso me había acariciado el torso por debajo de la blusa.

Te cortaste, dijo reconociendo las cicatrices.

Qué loco que tú también te cortes. ¿Fue anoche?, insistió, pero en eso llegaron sus amigas con la cantaleta de que una de ellas cumplía años.

No quería pelear con él ni con las gordas. Mandé por pasteles y capuchinos para todos los del salón, para los maestros, para los que pasaran.

Rosso y yo nos pusimos tan de buen humor que nos besuqueamos largo rato frente a las gordas, nos emborrachamos en la camioneta y terminamos comiendo pastel de chocolate en mi jacuzzi. No recuerdo un día que hayamos reído tanto. Cuando despertamos pedimos cerveza y pastel de mango. Faltamos a clases, vimos películas toda la tarde.

Era la deliciosa modorra de vivir en El Cielo.

Y yo me había caído del Cielo. Era una como cualquier otra.

61.

Levantarme temprano, comprar unas donitas en el expendio de pan frío, cambiar de línea un par de veces en el metro. Sería mi décimo quinto día consecutivo siguiendo esa rutina. El día que me tomara un día libre perdería el trabajo y no podía darme ese lujo. Estaba exhausta. Sentía que las ojeras me cubrían la cara completa. No dormía bien por las noches, tampoco comía bien durante el día. Estaba hinchada, las costuras de la ropa se me clavaban en la piel, me ardían. Al salir iría al ciber a sentarme a esperar la respuesta de Ferrán y a mirar por la ventana por si pasaba Bruno.

Al entrar esa mañana al edificio del trabajo, en el primer piso estaba el viejillo acompañado de otro anciano gordo. Pasé de largo sin saludar, como hacía a diario. Enfrascarme en una actividad mecánica, en silencio, me venía bien. Era raro el dinero así, amontonado de manera física. Para mí antes el dinero era más bien un concepto etéreo totalmente distinto. Cualquier cosa que quisiera podría adquirirla porque tenía el derecho a acceder a ella y mis decenas de tarjetas de crédito así lo dejaban claro.

Antes de que terminara el primer paquete me mandaron llamar de abajo. Era el amigo del viejillo que quería invitarme a comer.

No tengo hora de comida, me di la vuelta.

Volvieron a llamarme del primer piso. Esa segunda ocasión, pensar en un trozo de pastel me hizo aceptar la invitación.

Tómate la tarde libre, me dijo el viejillo.

En la entrada me devolvieron mi pistola, el hombre se presentó como un gran escritor, uno que había revolucionado la literatura mexicana pero que no había recibido el reconocimiento merecido.

Tomamos un taxi y me puso la mano en la pierna.

Me siento tranquilo viajando contigo porque vienes armada, me dijo al oído.

Retiré su mano y retrocedí para no oler su aliento.

No tardamos en llegar a un hotel de tercera. Quiso avanzar a su cuarto pero yo me dirigí al restaurante.

Dijiste comida, le aclaré.

Se disculpó, dijo que sólo quería cambiarse la camisa, que no lo malinterpretara. Aparte de comer, pedí café y tres rebanadas distintas de pastel. Él solamente se reía.

Traías el hambre atrasada, ¿dónde te cabe tanto si estás tan flaca?

Siguió con ese cuento de que era escritor, que quería que lo acompañara a su cuarto para que me regalara sus libros autografiados. Yo estuve a punto de derramar una lágrima al probar el pastel de chocolate y recordar a Rosso en mi jacuzzi. Rosso en mi cama. Rosso en mi cumpleaños llorando por la gorda. Rosso comportándose tan pinche nena. El alma de Rosso que no podría perdonarme, como tampoco me perdonaba mi papá.

Cuéntame de ti, ¿de dónde sacas ese acento tan bonito y tan enérgico?

¿Quién era para sentirse con derecho de preguntar sobre mi vida?

No, bueno. Yo decía, como tema de conversación. Cuéntame algo de ti. Lo que quieras, dijo ante mi silencio.

Tomé otro trozo de pastel de chocolate y lo saboreé despacio.

Qué rayos me pasa a mí, que quiero llorar gritando. Maldito sea tu amor, cómo te estoy adorando, sentí esas palabras en mi pecho atoradas junto con el pedazo de pastel, un montón de betún y no sé cuántas lágrimas. Mi pequeño iPod ya ni tenía batería, lo había dejado muy escondido en el fondo de mi maleta.

Que dice Augusto que eres hija de un político y que no sabe más de ti.

Así que el viejillo se llamaba Augusto.

O si no me quieres contar de ti, cuéntame qué te gusta leer.

No leo. Soy perezosa e ignorante.

No te digas así. Ya que tengas la oportunidad de leer te va a gustar. Yo te voy a comprar unos libros y te puedo asesorar para que te conviertas en lectora. En mi biblioteca tengo como diez mil libros.

No pude contener la risa al pensar en el millón de libros que seguramente habría en la biblioteca de mi papá.

Se me escurrieron las lágrimas por el trozo de pastel y los nombres de mis hombres que yo tenía ahí, atravesados, y porque me di cuenta de que era mi primera cita en esa ciudad de mierda. La peor cita de mi vida. La peor cita del mundo.

Hacía días que no hablaba con nadie y ese hombre ahí, que no era nadie, que no importaba, bien podría ser depositario de mis historias.

Hay un chico, dije en presente, que se llama Rosso y yo lo amo. Es muy alto y delgado. Tiene la piel muy clara. Los ojos también los tiene claros, como castaño claro. Dice mi abuela que es amarillo y flaco como una vela. Cuando me duermo con él el tiempo se detiene y sueño todo como con filtros de Instagram.

El hombre puso cara de sorprendido.

¿Es tu novio?

No. Mi novio es otro. Tiene el pelo así chino y muy negro, como de borrego. Por eso le digo que Gretel, nuestra borrega, es nuestra hija. Hace cosas de fotos y tiene una película y yo lo amo.

Tienes un corazón muy grande, reina.

Y me quedé callada pensando en Bruno. En su manera de vibrar en medio de esta ciudad aplastada por la suciedad de tanta gente amontonada. En su felicidad porque era libre y él, a diferencia de mí, sí podía hacer lo que le diera la gana.

¿Y qué te parece ahora vivir en la ciudad?, me interrumpió el viejo gordo.

Siempre he vivido en ciudad, aunque nunca en una tan sucia.

¿Ah, sí? ¿En cuál?

En muchas, sonreí.

El hombre seguía preguntando qué hacía en la ciudad. Tal vez si lo enunciaba no sonaría tan tonto.

Creo que tengo una hermana. No sé bien. Sé que está en esta ciudad, quería conocerla.

Seguí comiendo pastel. No podría terminarme las tres rebanadas pero las picoteé todas.

El hombre seguía hablando de sus grandes logros como escritor, como que una vez se había ganado una estancia para que escribiera en Italia durante un par de meses. Yo vivía en Roma cuando quería y cuanto quería, y no estaba haciendo alarde de eso.

Desconfío de toda la gente que dice estar escribiendo. Desconfío de los que alardean, de los que dicen "aquí, pariendo historias", de los que aún no concluyen una novela y ya saben de qué tratarán las siguientes tres. Será que para mí la escritura y el amor son lo mismo: han de gozarse con el pudor de lo secreto. Han de ser cosas íntimas, pertenecer a lo más profundo del corazón. Escribir es como tener un amante que se disfruta a escondidas. Es gozar con el poder de esconder la mentira más grande del mundo. Es sonreír sin razón al caminar por la banqueta.

Alardear lo que se está escribiendo era como tomar la mano de Rosso frente a todos: es presumir algo que no existe.

Será que para mí el amor y la escritura son lo mismo. Por eso una vez intenté escribir una novela y no pude. Porque no sé amar en secreto. Porque una vez intenté amar y el único resultado fue que Rosso muriera.

Dieron las ocho de la noche y dije que tenía que irme porque había quedado de ver a alguien. Tenía días visitando el ciber a esa hora, y en algún momento tenía que encontrarme a Bruno, que debía vivir por ahí, porque el Chevy sí lo veía con frecuencia.

Pero antes vamos a mi cuarto para que te dé los libros.

Tengo prisa.

¿Entonces vuelves más tarde? Estoy en la habitación 517. Puedes tocarme a la hora que quieras.

Me exasperó su doble sentido, sus maneras patéticas de querer hacerse el gracioso, sus manos inquietas.

Me das asco, fue mi forma de agradecer la comida.

62.

Antes de las nueve iba llegando al ciber. Puntual como cada día. Justo iba a entrar cuando en la esquina vi a Bruno que cruzaba hacia la otra calle y el corazón me iba a reventar en cascadas de agua mineral agitada.

Caminé detrás de él, respetando la misma distancia entre nosotros. Se iba buscando algo en los bolsillos. Sacó una tarjeta bancaria y se metió al cajero automático.

Chingado.

Si lo abordaba a la salida creería que iba a asaltarlo. No me quedó más que seguir caminando, voltear al pasar frente al cajero para sólo mirarlo de espaldas y continuar mi camino. Ni siquiera tenía ánimo de entrar al ciber a ver si Ferrán había contestado. No podía creer mi mala suerte. Podía volver a mi casa a dormir sola o podía irme con el gordete pseudo famoso a mirar MTV.

Esa noche no lloré. Después de tocar la puerta de la habitación 517 me besuqueé con el escritor. Cuando sintió algo extraño sobre mis costillas me quitó la blusa y se asustó al verme armada.

Bromeando, jugueteando, trató de quitarme la Glock. Pero yo no jugaba ni bromeaba: lo supo cuando en fracciones de segundo le apunté. Eso, supongo, lo encendió más.

Me hubieras dicho que ibas a volver, para pasar por unas pastillitas.

Se conformó con abrazarme por la espalda, restregarse contra mí en la cama. Ni siquiera se le paró. De rato se quedó dormido, sujetándome.

Me puse a ver el canal del iSat. Empezó *Les amours imaginaires* de Xavier Dolan, una de mis películas favoritas, pero no pude poner atención. No dejaba de pensar en Kawabata y sus bellas durmientes, en *Sueño profundo* de Banana Yoshimoto, donde aparece un personaje que se alquila para dormir con distintos hombres. Era ésa una extraña forma de prostitución y me pregunté si me estaba prostituyendo para poder ver televisión y bañarme con agua caliente. Esa chica de *Sueño profundo* que dormía con hombres después murió, ¿sería la suerte que me correspondería? ¿La que merecía?

Esto ya estaría totalmente fuera de los planes de mi padre. Eleazar no me estaba cuidando, él no habría permitido que su hijita mendigara para ver la tele, que se acostara con un vejete para que le invitara el desayuno, para poder dormir en una cama y no en el suelo. No lloré porque ni siquiera a eso tenía derecho.

La siguiente película fue *Good dick*, acerca de una chica que vive en un departamento sucio, sólo ve películas porno, y no quiere tomar el dinero de su padre. Sentí que me ahogaba.

Al calor de la televisión poco a poco me fui quedando dormida.

No merecía vivir en esa puta ciudad que me hacía sentir más vulnerable y desvalida que nunca.

O tal vez sí porque estaba pagando por mis pecados.

63.

Rosso tampoco había sido un ángel. Había habido malicia en sus palabras, y un brillo de odio que de recordarlo aún me causaba escalofríos.

Pues a Lucy la conocí cuando salió en esa revista donde publicaron sus fotos con Al Pacino. Todos los de la secu nos rolábamos la revista esa. Ya estaba bien buena esta wey.

Alcancé a oír esa última parte de la conversación porque había sentido algo distinto en Rosso. Eran sus ojos mirándome de reojo para ver cómo reaccionaba ante sus palabras. Sus putas palabras. Y veía con empatía a las otras, las gordas, haciendo como que contaba algo al vuelo, no planeado, lo primero que le vino a la mente, una feliz ocurrencia.

Las gordas sí me miraban sin disimular.

Me quité los audífonos.

¿Decías?

Yo tenía como catorce. La verdad, sí me erizó esta wey.

¿Te callas?

¿Y desde los catorce ya te los tirabas así famosos?, ¿nunca tuviste novios normales?, ¿los niños de tu escuela o así?

Lo de esa revista nunca había quedado claro. Por más que papá compró todo lo que quedaba del tiraje, no pudo evitar que en la escuela todos los compañeros me embarraran la publicación en la cara. Luego papá mandó que todas las revistas desaparecieran de la ciudad, pero no había forma. Hasta Rosso había visto eso. Al Pacino era un hombre a quien me hubiera encantado conocer, pero no era así.

A ese señor no lo conozco.

Entre más me aferrara a decirlo más le iban a creer las gordas a Rosso. No era que me importara lo que pensaran de mí, lo que me molestaba era la ligereza con la que Rosso se ponía a hablar de mí, sabiendo cuánto me alteraba.

Me tenía sin cuidado todo lo que ellas dijeran: que si tenía el busto operado, que si había vuelto con mi ex novio el grupero, que estaba de espía de mi papá y por eso hacía el servicio social en la universidad pública, que si me gustaban viejos y que salieran en la tele. Incluso que enfrente de mí me dijeran "la muda", "la autista", "la mustia", que se refirieran a mi papá como "el Lobo", me venía importando un chicle.

Pero que Rosso hablara de mí, con ellas, era una traición.

No digas mamadas, como yo no vi esas fotos, fue mi último intento por callarlo.

Pero la imagen estaba muy clara en mi mente: nunca había podido olvidarla. Yo sonreía y miraba fijamente al actor, tenía un bikini blanco, el cabello largo mojado, estaba sentada sobre él.

Mi mirada decía que lo amaba sobre todas las cosas.

En la entrepierna no aparecía mi cicatriz.

Hasta yo vi las originales, ahí estaban en tu vestidor de verano, dijo Rosso.

Quise preguntarle si era verdad, porque yo sólo había visto la revista, pero eso iba a sonar como si admitiera que había sido fotografiada.

Era en los días en que ya estaba sentenciada por mi padre para que acabara el taller, así que no podía retirarme. Tampoco quería mostrarle a las gordas cuánto me dañaban sus comentarios. Me puse los audífonos, pero entonces Amalia fingió que tropezaba y me echó encima el café, arruinando de pasada mi iPhone.

Rápido me quité la blusa, y Rosso me puso su chamarra para cubrirme del frío y de las miradas de los compañeros.

Qué vergüenza que vean que traes pistola. Eso es de rancheros.

El iPhone lo arrojé desde el tercer piso y preferí quedarme sola ahí, en la orilla del barandal. Treviño llegó a ver qué pasaba.

Nada, le dije. Sólo tráeme un iPhone que sea dorado. Y ya no soporto a esa pinche gorda, la amiga de Rosso. Haz algo.

Rosso no había sido ningún ángel. O tal vez sí, pero un ángel traidor. Cuando como por error Amalia comenzó a enviarme los audios de Rosso, cuando supe que Rosso conversaba con

mi abuela para grabarla, decidí no darle importancia.

Decidí seguir amando a Rosso porque a veces
al mal también se le ama.

64.

Mi bella durmiente, me despertó el hombre pasado mediodía, restregándome la barba en el cuello.

Odiaba sus dientes sucios y su camisa tan ordinaria, pero antes de irme bajé a desayunar y lo cargué a su habitación. Ya no podría llegar al trabajo. Quién sabe si me aceptarían al día siguiente.

Iba saliendo cuando vi al gordo bajar torpemente las escaleras.

¿Por qué no tomaste el elevador?, le pregunté al verlo resoplando.

Es que así hago ejercicio, me dijo con el orgullo de quien acaba de correr un maratón.

Me pidió que lo acompañara por la tarde a Bellas Artes porque iba a presentar uno de sus libros. Me excusé diciendo que no podía estar en ningún lugar donde hubiera medios.

El mundo sin Rosso era exactamente igual como había sido un día antes.

Caminé hasta el ciber. Me sorprendía que en ésa, una de las ciudades más grandes del mundo, en realidad todo estuviera cerca de todo. Del hotel, que estaba en Reforma, podía llegar caminando a San Cosme, donde estaba el ciber que frecuentaba.

No tendría valor para volverle a escribir a Ferrán. Eso sería como mendigar.

Había buscado a mi madre biológica o a mi
hermana para dar con mi identidad, pero no había
dado con nada de eso. O sí, y mi identidad era
esto: la bajeza, el acostarme con alguien por casti-
garme, el soportar la suciedad y el asco por comida.
Suplicar todos los días, ante el teléfono público, que
Ástrid al fin me dijera algo.

Tal vez mi verdadera identidad era sentarme a
esperar a que cualquiera llegara por mí a rescatarme.

65.

Hay una mesa de madera y un mantel blanco. Un rústico techo levantado con palos apenas para dar un trozo de sombra. Podría ser en el Mediterráneo, detrás se ve el mar. Al parecer, el clima es cálido, pues todos visten de blanco y tienen ropa ligera.

En primer plano, un hombre mayor de cincuenta años fuma puro y platica animadamente con otro que tiene enfrente, aparentemente de la misma edad, pero mucho más delgado y con el cabello aún negro por completo. Hay otro que está más concentrado en mirar algo que no llegó a ser enfocado por la cámara.

Y un torso. El torso más deslumbrante. Piel morena, hombros fuertes. La piel más recia. Es lo único que se advierte de ese ser que da la espalda a la cámara.

Todos beben vino blanco, hay canastas de pan sobre la mesa, y algunas migajas, lo cual da la sensación de que ya ha pasado la hora de la comida.

Sola entre los hombres, alegre, miro a la cámara mientras fumo. Traigo puesto un vestido blanco de tirantes delgados y el largo cabello negro sujeto en una coleta. Con la mano aprieto una camisa, por el cuello se ve que es camisa de hombre. Quizá es del chico de torso mojado que viene de nadar. Los demás traen Rolex y lentes oscuros, no tengo puesto ningún accesorio, ni tengo cerca algún bolso o celular, pero mi cara deja ver que no lo necesito. Soy deseada. Tengo catorce o quince años. Podría levantarme y con ese único vestido blanco caminar alrededor del mundo.

Mucho tiempo estuve devanándome los sesos tratando de descubrir en qué momento me habían tomado esa fotografía. Tenía la misma edad de la foto, catorce o quince, cuando la encontré en un sobre roto tirado en la basura. ¿Por qué aparecía rodeada de hombres sin que estuvieran conmigo mi papá ni Treviño? Si estaba en la basura era porque se suponía que yo no debía verla. Escondí esa fotografía envuelta en mi vestido favorito y luego la olvidé. Fue el año que dejé de hablar temporalmente.

Cuando Rosso mencionó esas supuestas fotos con Al Pacino, busqué aquella mía con el vestido blanco, adentro de otro vestido blanco. Uno de niña, con un listón rosa en la espalda. Lo usaba cuando tenía seis años. Lo llevaba puesto el día que aprendí a disparar. Había pedido que no lo lavaran. Quince años después quería saber si aún olía a pólvora. No estaba el aroma, no estaba el vestido, no estaba el blanco sombrero de visón donde lo había escondido, ni la caja redonda de sombrero al fondo de mi clóset de invierno. No estaba yo en todos los años anteriores, mi otra yo, ésa que se tomaba fotos con hombres desconocidos.

Sólo estaba yo, la que no fumaba. La que, a partir de los catorce años, dejó de usar vestido.

66.

¿Y te tiras a Treviño?, me había preguntado alguna vez Rosso.

¿Te dan celos, o qué?

No quise contarle que Treviño y yo compartíamos la misma cicatriz.

Otra cosa que no le conté a Rosso fue que cuando regresé con mi papá de aprender a disparar en el monte estaban mi abuela y el arzobispo esperándome. El señor arzobispo me explicó la importancia de rezar no como una repetición, sino como un acto de fe, de tradición, de fervor. Haciendo un gran esfuerzo por no quedarme dormida, le dije que sí a todo, que tenía razón. Me regaló una medallita de la Virgen que según había bendecido el Papa, para que siempre le rezara a ella y sólo le pidiera cosas bonitas, dijo que las cosas feas no se debían ni pronunciar. Yo nada más iba viendo cómo se le llenaba de orgullo la cara a mi abuela.

Es que yo no puedo... Es que yo no tengo mamá...

Si yo no tenía mamá, ¿por qué iba a rezarle a una madre ajena?

La Virgen María es la madre de todos nosotros los mexicanos, desde el cielo nos mira. Desde ahí donde está tu mamá. Si tú le rezas a la Virgen, ella le contará a tu mamá que estás bien, que eres una buena niña, que estás creciendo muy bonita.

Mi mamá no estaba en el cielo.

Nunca me gustó ponerme esa medalla, hasta me alegró haberla perdido en aquel pueblucho con Rosso. Yo ya tenía un crucifijo colgando del cuello, que años después me enrollé en la muñeca, uno que me puso mi papá el día que nací. Usaba la medallita sólo cuando la abuela me lo exigía, hasta que la perdí en el desierto.

Si no me la ponía, mucho menos le rezaba. Me resultaba más fácil tener fe en la Glock que papá me regaló ese mismo día, cuando se fue el arzobispo. Cuando la saqué de la caja de regalo donde la habían metido, sentí más emoción que por cualquier regalo de los que me había traído alguna vez Santa Claus. Mi papá no me la había dado esa mañana que habíamos ido al monte porque quería que le pusieran el grabado:

¿Pues qué chigados le pusieron, Treviño?

Pues me dijo que algo bonito.

Sí, algo bonito como "Princesita" o algo así, ¿qué mamadas son esas?

Pues es que me dijo que algo bonito, pero no me dijo qué.

¡Gracias, Treviño, me gusta mucho!, corrí a abrazar a mi chofer.

Ése es un regalo de tu padre, cabrona.

Varios años después, aún con la Glock entre los dedos, seguía orando, pero era una repetición distinta:

Si tu cariño se acabó, estoy tranquila, corazón, al fin que nunca comenzó.

67.

Estuve toda la tarde en el ciber esperando a que saliera Bruno. Debía hacerlo en cualquier momento porque el Chevy estaba a media cuadra esperando, como yo, que se lo llevaran a cualquier lado.

De pronto Bruno entró en el ciber y se sentó junto a mí. Quizá mi suerte no estaba del todo acabada.

Pasó un hombre, uno de los que trabajaban ahí, y le dio una palmada en la espalda.

Qué pasó, mi Bruno, y ese milagro que visitas a los simples mortales.

Volteó, riéndose, tan guapo y tan de buen humor como si siempre la vida lo hubiera consentido.

Es que el vecino ya le puso clave a su internet.

Yo también le sonreí. Tomé su mano izquierda y le pregunté cómo se llamaba. Ni modo de decirle de los días esperándolo, de las búsquedas en Internet, que ya sabía que acababa de mudarse con su novia, el carro que conducía, en qué edificio vivía.

¿Y si me invitas una cerveza?

¿Así?, ¿sin conocernos ni nada?

Así.

Me dijo que no podía, que lo estaban esperando. No dijo que la novia pero supuse que así era. Me pidió que nos viéramos al día siguiente en un cafe-cillo de chinos del Centro.

Esa noche no tendría dilemas. Dormiría plá-cidamente junto al gordo soñando con el tacto de la mano de Bruno. Fui rápido a mi departa-mento para sacar un cambio de ropa. El escri-tor estaría un mes en la ciudad promoviendo su nueva novela, así que durante ese mes no tendría que preocuparme por la falta de focos, por la ce-rradura a punto de caerse ni el agua fría a la hora de bañarme.

Al caer la noche llegué a la habitación 517 y el escritor dijo alegrarse de verme. Que en la presen-tación le había ido muy bien, por la noche había bajado a cenar, solo, y se le había caído la cartera. Que al levantarla se mareó. Que el mesero no sé qué. Aventuras de viejito.

¿Que qué había hecho yo? Estar en el ciber revisando mi correo. Ir a casa por un cambio de ropa.

Lo que yo no entiendo es si estás de vacaciones, o si estás huyendo de algo.

Sí, estoy huyendo. Me buscan en treinta es-tados.

Ay, las historias que cuenta mi brujita. Me tienes embrujado, ¿sabías?

Bajé a cenar sola, deseando que me adoptara otro viejo panzón, cualquiera, uno que no fuera tan asqueroso ni tan preguntón. Uno mudo, de prefe-rencia.

Me quedé ahí horas, mirando junto a la ventana. Viendo la noche convertirse en luces de los autos de Reforma. Luces estancadas. Yo ya no podría ser parte de esas luces. Andaba a pie o, peor, en el metro.

Salí a caminar por Reforma. Quise una cerveza. Me percaté de que ya no tenía dinero. Al otro día tendría que ir a trabajar.

68.

Los nervios de colegiala y las mariposas en la panza. Como la primera conversación con Ferrán. Él estaba haciendo un documental sobre música norteña mexicana y yo estaba en los camerinos esperando a un novio. No era como todos los italianos, tenía un acento más neutro, además hablaba poco, exageradamente poco, excepto a la hora de hacer sus entrevistas. Me gustó. Me fascinó. Mientras entrevistaba al cantante con quien yo salía, me cerró el ojo. El otro ni cuenta se dio porque estaba con sus mamonerías: que si el agua mineral a no sé qué temperatura, que no quería dañarse la garganta, que el cabello, que estaba cansado y que la grabación continuara otro día.

Esa espera de veinticuatro horas para volver a ver a Ferrán era como ésta. Con ganas de vomitar por los nervios, dolor de estómago, una total y absoluta inseguridad respecto a cualquier cosa que vistiera o calzara.

Y él, que llegó al siguiente día, como si nada, tranquilo, como si el mundo girara a su alrededor.

Nos quedamos en que la niña rica me iba a invitar un café, me diría Bruno.

No. Era al revés. Tú me ibas a invitar una cerveza. Y no sé de dónde sacas lo de niña rica.

Extendería la mano para tocar la manga de mi blusa, bajaría su mano por mi brazo rozándolo con el dedo índice, hasta tocarme el dorso de la mano. Entonces diría:

Por la piel. Y vienes toda vestida de muñeca.

Yo callaría que en ese momento sólo tenía tres cambios de ropa en una maleta y cincuenta y un pesos en el bolsillo.

Me gustaría que sin hablar mucho pronto comenzaríamos a besarnos. Diría que fuéramos a otro lado. Que subiéramos a su carrillo barato. Me enternecería verlo quitando el bastón de seguridad a ese Chevy que nadie querría robarse. Verlo manejando como aquella vez que lo miré irse. A pesar de su acento, no podría más que adorarlo.

En cuanto entráramos a su departamento de pocos muebles y piso de madera, no habría en su mente otras más que yo. Sería exigente, dominante y fuerte. Al final, bufaría como no lo había hecho con nadie.

Cuando comenzara a quedarse dormido, yo querría lamerlo como a un cachorro, acurrucarlo contra mi pecho, darle toda esa protección que yo no tenía. Querría cobijarlo con mi cabello. Sentiría que lo necesitaba para no pegarme un tiro. Callarme que lo quería, suplicarle que él nunca se abriera las venas. Curarme de la muerte. Creer

que había pagado por mis culpas, dejar de castigar-
me con el gordo. Saber que había llegado a casa.
Eres un animal. Y por eso yo te amo.

69.

Había pasado una hora en el café de chinos. En la mesa junto a la mía se sentaron cuatro chicas. Como si no estuviera vacío medio café, tenían que ponerse con toda su cháchara junto a mí. Es una costumbre defeña que jamás entenderé: les encanta el amontonamiento. Las chicas concentraban su atención en una de ellas que no tenía nada de particular, pero que para ellas era sumamente importante. Bely, así se llamaba la que dirigía la conversación de todo el grupo, sacó de una mochila un montón de revistas de novia. Ése era el tema que les interesaba: la planeación de la boda de Bely.

Odiaba enterarme de la vida de gente intrascendente, pero en esta ciudad era imposible no hacerlo.

Cuando las chicas hablaban del pastel, al cual tenían asignado un presupuesto tan escaso como si se tratara de cualquier pan, caí en la cuenta de que tenía hambre. Pedí un bísquet con mantequilla y mermelada, esperando terminármelo antes de que llegara Bruno.

Tal vez un día me casaría, como me lo había pedido papá. Con vestido blanco, como había dicho tía Tina.

Creo en Dios y en la sangre de su hijo Jesucristo. Creo en el perdón de mis pecados y en la salvación de mi alma. Aunque pasé más tiempo con mi abuela que con tía Tina, no me hice católica, como la primera, aunque tampoco evangélica, como la segunda. Sin embargo, si tuviera que profesar una religión, sería bautista o pentecostés. Me gusta creer en el poder de la fe, más que en el poder del rito. Me envuelve el concepto salvación, la gracia concedida por Dios a cualquier pecador sólo por el hecho de arrepentirse y creer. Si tuviera qué creer, si pudiera creer, lo haría.

Porque yo por la ley soy muerta para la ley, a fin de vivir para Dios.

Alguna vez creí.

Y si aún pudiera creer, lo que ahora vivía en la carne, lo viviría en la fe del Hijo de Dios.

Si pudiera creer, creería en la vida eterna, para así poder matarme y despertar a un mundo ya pasado por fuego.

Si algún día me casara, tal vez mi boda sería como la de mi prima Miry, con un pastor, damas de honor, una predicación.

La mujer que teme a Jehová, ésa será alabada.

Miry aquel día se sentía en la cúspide del triunfo y el éxito. Como si hubiera viajado por el mundo. Como si se hubiera convertido en CEO de Facebook. Como si apareciera en Forbes. Como si hubiera logrado algo. Pero sólo se estaba casando. Y se estaba casando virgen.

Yo había estado atrapada en un vestido rosa durante toda la ceremonia. Luego había encontrado al esposo de Miry y me lo había llevado a que me acompañara a cambiarme.

Cuando volví a la recepción, tía Tina hablaba de lo buenas niñas que habían salido sus hijas. Que nunca habían ido solas con el novio ni a la vuelta de la esquina.

La abuela me tomó fuertemente del mentón, encajándome las uñas:

En cambio, ¡mira esta piruja! Hasta huele a hombre.

Mamá, no diga groserías, se alteró mi tía.

A ver, pregúntale, ¡pregúntale de dónde viene!

Intempestivamente, mi abuela me tomó del cabello.

¡Suéltela, mamá! ¡Déjela!

¡Pregúntale de dónde viene! O pregúntale al golfo de tu yerno.

¡Suéltame!

Si trae semen hasta en los pelos. ¡Huélela! Huerca piruja, igualita a la puta de su madre.

Escenas bonitas de mi familia.

Ese día me lavé el cabello con una botella de perfume que traía en la bolsa. Me enjuagué la cara, los hombros. Oí a Kanye West, saqué la cabeza por la ventanilla de mi camioneta que corría a toda velocidad. Treviño y la carretera. Nunca fui tan libre, tan triste y tan enojada a la vez. Tan poderosa. Baby, I got a plan: run away fast as you can. Run away from me, baby.

Tan libre que no le debía nada a nadie. Por eso llegué a la casa y me abrí las venas.

Tal vez un día me casaría con quien fuera e invitaría a mi tía Tina.

Tal vez me casaría con Bruno. Podría decirle quién era yo realmente, que papá iba a perdonarme, que iba a encargarme de lanzarlo a la fama con todo y su grupo, ese primer disco. Le compraría un estudio de grabación o una estación de radio si quisiera.

Tenía tantas ganas de hablar, de contarle a todos, de tener dinero para pedir otro café y contarle a la mesera, pagarle el pastel a las gordas de la mesa de al lado. Sabía que mi infierno iba a terminar.

Purifícame con hisopo, y seré limpia; lávame y seré más blanca que la nieve. La mujer que teme a Jehová, ésa será alabada.

Quería morir sólo para mirar a Rosso. Llamarle a Ferrán. Que Ástrid tomara mi llamada.

Quería decirle a las gordas que mi boda sí sería hermosa.

Crea en mí, oh, Dios, un corazón limpio, y renueva un espíritu recto dentro de mí.

Estaba tan triste que era inmensamente feliz en medio de tanta mierda.

Entonces la mesera llegó a cobrarme porque ya iban a cerrar. Bruno nunca llegó.

70.

Al tocar la puerta de la habitación del gordo, abrió muy serio.

¿Y por qué vienes hasta ahora?

No pude evitar reírme. Me causó gracia que pretendiera interrogarme.

Me estaba acostando con todos mis novios, seguí riéndome.

¿Y por qué te ríes? ¿A poco no me voy a dar cuenta de que vienes de prostituirte? Ya no puedes entrar aquí.

El único hombre con quien yo me había prostituido en todo el mundo era con ese maldito gordo, por un pedazo de pastel de chocolate, el perdón de mis pecados, agua caliente y MTV.

Nunca nadie en mi cara me había dicho puta excepto mi padre. Le dije que iba a pasar por mis cosas, y mientras estuve ahí me reclamó que no hubiera ido a la lectura de su libro tan importante, que después de eso lo habían llevado a cenar y yo no había estado con él. Dramitas de nena estúpida.

Junté mi poca ropa y me fui. Si Treviño todavía me cuidara, eso nunca me habría pasado.

Caminando llegué al ciber. A veces cerraba tarde. Temí encontrarme a Bruno. O tal vez deseaba encontrarlo y que me contara que se le había presentado un imprevisto que le había imposibilitado llegar conmigo.

Ya iban a cerrar. Pedí que me dejaran estar ahí cinco minutos. En cuanto entré a la bandeja de recibido de mi correo electrónico y la hallé vacía, un malestar se fue apoderando de mí. Un incómodo escalofrío.

"Vergüenza" es la palabra. Por eso le había escrito a Ferrán y no a algún otro. Habían pasado varios días y seguía sin respuesta suya. Sólo con Ferrán podía ser sincera y él no lo agradecía. Cada vuelta al ciber era un gasto de dinero, una esperanza disparada al aire.

"Hermoso", le escribí, "¿te envié un correo hace días, lo recibiste? Dime sólo eso". Presioné Send e iba a cerrar mi sesión cuando recibí respuesta de Ferrán y yo, ilusa, me puse contenta.

"He leído y releído tu correo. Todos los días lo leo. No puedo dejar de hacerlo: me encanta. No sabes cuánto me alegra, hija de puta, que dejes de ser un parásito y estés al fin completamente sola, como mereces. Te mando las fotos de Gretel."

Las supuestas fotos sólo eran trozos de carne. No entendía si se trataba de un chiste mal hecho, cortes de res, carne chorreando, pensé que era arrachera, o la carne para alguna fiesta. Pero entonces vi mejor.

Cordero de Dios.

La cabeza cercenada de mi borrega flotando en el lavabo del baño.

71.

Dicen que son contadas las mujeres que se suicidan por un balazo en la sien. Que nuestras preocupaciones estéticas nos impiden arruinarnos el rostro, por eso es más fácil que recurramos a las pastillas. Yo lo único que tenía a la mano era mi Chaparrita Consentida, pero ella no podría hacerme daño. Rosso había recurrido a cortarse las venas. Era tan nena que no podía arruinarse la cara. La bella cara. La sonrisa escasa. Esa frente blanca.

Desde el instante en que había visto las fotos de Gretel, no podía sacarme el olor de Rosso de la nariz, ese molesto olor que tenía cuando regresaba de haber fumado tabaco o mota, ambos me asqueaban por igual.

La imagen de la cabeza de Rosso flotando en un lavabo me perseguía de manera enfermiza, por más que volteara a las calles, a los árboles, no podía pensar en otra cosa. Todo olía a sangre. Los puestos de tacos me hacían vomitar de nuevo y ya no me quedaba nada en el estómago. Una baba amarga me tenía invadida la garganta y la lengua.

Me puse a llorar incontrolablemente. Me ahogaba entre lágrimas y vómito y sólo quería llegar a ese cuartucho que era lo único a lo que podía llamar "casa".

Reconocería el cuerpo deshecho de mi hombre sólo con acercarme a la nariz un trozo de piel de su cuello, de su pecho o algún puñado de cabello o vello púbico. Lloré por Rosso, por su cuello, que era el más hermoso del mundo. Porque ese cuello ya era sólo restos de piel y carne.

Infinidad de veces le pasé la nariz y la lengua sobre las mejillas, las orejas, las nalgas, el vientre, la entrepierna, la espalda. Rosso tan delgado y esos jeans que le marcaban una silueta fina y un trasero firme. Le arrastraban los pantalones, a pesar de ser tan alto. Él, erguido, y su espalda tan blanca que yo le acercaba un dedo como quien toca un milagro. Rosso antes convertía todo en luz. Y ahora todo lo convertía en carne, en muerte, en sangre. No podía dejar de llorar.

Lloré porque yo no había estado ahí para cuidar a Gretel. Al adoptarla le había prometido que siempre estaría bien, que nunca más volvería a ser huérfana, que jamás la maldad interrumpiría nuestra siesta, y que nunca nos tocaría la suciedad del mundo. Gretel había confiado en mí y yo no había sabido cuidarla. Como tampoco había cuidado de Rosso.

72.

Había estado caminando sin rumbo y me atemorizó la noche. No sabía dónde me encontraba pero en esta ciudad de caos hay una columna vertebral.

En el metro, una chica recargada en una de las puertas me miraba insistentemente, con curiosidad. En cuanto me sabía observada, la chica se volteaba hacia otro lado. Quería que yo la mirara. Estaba tan necesitada de belleza y esa chica realmente era hermosa: delgada, de rasgos muy finos, nariz y boca pequeñas, cejas oscurísimas delgadas y abundantes, un piercing en la ceja izquierda y cabello muy lacio. Quería que yo la mirara y que la reconociera hermosa. Me sentía absolutamente sola y esa chica quería que la llevara conmigo.

Ojos grandes, bellos, los de esa chica que fingía leer y cuando me descuidaba volteaba a mirarme.

Tanta necesidad de belleza, porque no había visto nada luminoso en los últimos días, nada digno de ser apreciado. Porque era la primera cosa bella en la ciudad que no me rechazaba

No fui la única que vio a la chica. La gente nos había empujado hasta que quedamos juntas. Un policía se puso de su lado y fue cuando ella sintió una mano en las nalgas.

Poli, dijo asustada.

Qué pasó, mamacita, le contestó él alzando las cejas.

Ella se asustó y más cuando sintió apenas el peso de una navaja en las costillas. La otra mano frotaba ya la entrepierna.

La chica junto a mí, ojos enormes, boca abierta, respiración difícil, volteó la cara para evitar el aliento del policía. Me clavó su mirada. Sólo bajé los ojos. Cerré los ojos a la belleza de su rostro encendido.

Y pensé en toda la mierda, esa gente, los empujones, los vendedores, la rabia, el asedio, las lenguas, la lujuria, el asco, las manos largas, el calor, el asco.

El olor.

El olor.

El olor.

Yo que antes había vivido sólo entre luz y colores, mi habitación, Nadja, Rosso, mi primer amante, Roma, mi yate, Ferrán, Gretel, un clóset más grande que esos vagones en donde iba hacinada tanta gente, el sol.

La chica se había bajado y yo la hubiera seguido por los pasillos del metro, las escaleras, algunas cuadras, para no buscar ningún acercamiento, para no alcanzarla, para nada, para mirarla un rato más porque era lo único bello en todo el panorama.

Bajé del vagón también, pero no la seguí.

Caminaba de prisa. Vendedores, personas restregándose unas contra otras. No podía perder de vista el repugnante cuello sucio del uniformado. No quería perder de vista la espalda del policía, porque iba buscando belleza. Y en su nuca sólo miraba suciedad y sudor. Su nuca tostada por el sol y embarrada de quién sabe cuántas inmundicias. Con la mano izquierda sujetaba mi maleta, con la derecha mi Chaparrita Consentida. Bendición a mi finísima diestra. Corazón de Jesús, late junto al mío. Y de la nuca del hombre explotó una rosa de miles de pétalos húmedos. Rosa de pétalos perfectos. Redondos y luego alargados, que en el suelo se buscaron para volver a unirse. Una centésima de segundo me duró la visión de lo bello, pero había valido la pena. No podía detenerme ni seguir mirando.

Yo no había hecho ningún juicio, lo había hecho Dios. La ruleta rusa, en su designio divino, se había disparado contra aquel hombre. ¿Quién acusará a los escogidos de Dios? Dios es el que justifica. ¿Quién es el que condenará? Cristo es el que murió.

Más aún.

El que también resucitó.

73.

Cuando al fin salí del caos era como si el olor a pólvora me acusara. Sólo caminé sin rumbo. El miedo me paralizaba y el miedo me hacía avanzar.

Estaba ahí por un nombre que nunca debía haber escuchado porque a partir de ahí la soñé cada noche, ya no como una añoranza infantil, sino tan blanca como yo en esas fotografías que aparecían de la nada y con tanta oscuridad dentro que me atemorizaba. Ella en mis pesadillas era hermética, irreal, ilusoria. Despiadada me perseguía, quería tocarme con sus dedos finos y largos, pero sus manos eran una trampa: ella es hielo. Me llevaría al averno con ella, al averno congelado de los que no tienen corazón. Ella no avanzaba y por más que yo corriera siempre sus dedos estaban a dos centímetros de mi espalda. Podía sentir la mirada de las cavidades huecas de sus ojos, el aliento de su boca que era una puerta al mundo de los muertos. Siempre tras mi espalda, como una sombra de la que no podía desprenderme, o un signo del cual era inútil renegar. Siempre estaba ahí porque habitaba mi interior, lo más escondido que yo tenía.

Ástrid tenía navajas en los dedos y en los labios.

Tenía cinco años cuando supe que mi madre se llamaba Ástrid. El olor a pólvora me hacía evocar su nombre.

74.

Los dos que ya tenía la habían consumido. Eran cuates. Un niño y una niña. No daban un paso el uno sin el otro, así como antes habían estado ella y Eleazar. Igualitos. Después de lo que le pasó, esos niños se hicieron cargo uno del otro porque ella ya no los atendía. Algo también agarró Eleazar contra los niños. Ya no los quería. Decía que eran hijos de mala sangre. Como si se olvidara que también eran sus hijos. Y sus sobrinos. No soportaba ni mirarlos. Estrellita los miraba embelesada, como si recordara los días en que ella y Eleazar se querían con ese amor que aún no era impuro. Eleazar los miraba con asco, supongo que por la misma razón.

Pero Eleazar, le decía yo, mijo, si tú dejaste que pasara todo esto.

Pero al que viene no lo querría ni aunque fuera mío, me contestó.

75.

Al llegar al departamento ni siquiera me preocupé por cerrar la puerta. No había nada para robar. Yo era un despojo. Por más violada o maltratada, no podía quedar peor.

No podría pasar otra noche a oscuras. Tan sólo de imaginar prender una vela y que se reflejara en el espejo tuve un escalofrío.

Si acercas una vela al espejo invocas a lo que vive ahí detrás, me había dicho muchas veces mi abuela.

Tenía miedo a cerrar la puerta y así terminar con la poca luz que entraba. Tenía miedo a la noche. Tenía miedo a la vela.

Tal vez miré con demasiada intensidad mis cabellos tan oscuros.

Tal vez yo la llamé.

Tenía doce cuando secuestraron a mi papá. Ése fue el día que mi abuela comenzó con sus delirios.

Yo estaba en una de las puertas para la servidumbre, asomándome al cajón de una gata que había tenido gatitos. Entonces se oyeron gritos, vajillas rompiéndose. Algunos empleados corrían a la cocina y fui hacia allá.

Mi abuela gritaba que esa mujer era un ave de mal agüero. No se callaba, berreaba y se revolcaba en el piso.

¡Ahí está en la ventana, con sus pelos negros de cuervo! ¡Trae la muerte! ¡Trae pura muerte!

Las empleadas no podían calmarla.

No había nada en las ventanas. Las criadas lograron sentar a mi abuela y le dieron un té. No me dejaron acercarme a ella, pero seguí viendo desde el umbral de la puerta de la cocina. Yo imaginaba que sólo se trataba de que mi abuela había visto fantasmas. Así fui y se lo dije a Treviño, quien iba entrando. Corrí a abrazarlo porque tenía miedo.

Treviño, mi abuela vio fantasmas.

Negó con la cabeza mientras mi abuela seguía gritando que esa mujer se había llevado a su hijo.

¿Cuál mujer?, le pregunté a Treviño.

Secuestraron a tu papá, no fue ninguna mujer, fue un grupo de hombres.

Antes de que pudiera entender lo que decía Treviño, la abuela manoteó, le arrojó el té caliente a la cara a una de las criadas, tomó un cuchillo y se lanzó sobre mí.

¡Tiene esos pelos tan negros! ¡No la quiero ver!

Treviño me jaló al tiempo que detuvo a mi abuela, por eso ella no me atravesó la tráquea, aunque sí me clavó el cuchillo en el hombro.

Ni sentí el impacto ni la humedad de la sangre. Me concentré en lo que había dicho Treviño y sin abrir los labios le empecé a pedir a Dios por mi papá, que no dejara que le cortaran los dedos, que si lo iban a matar fuera de un solo tiro.

Seguí orando hasta que medio desperté al sentir que me estaban cosiendo la herida. Fueron diecinueve puntos en mi brazo.

A esa edad no necesitaba aprender lo que es la angustia, porque ya lo sabía, y gracias al dolor de la herida aprendí que si me abría la piel, el dolor y el llanto se me iban por los poros. Que si me dolía la piel descansaba mi alma. Por eso me metía al cuarto de mi papá, olía todas sus cosas, y me cortaba con sus navajas de afeitar.

Papá volvió del abismo tres días después. Lo primero que hice cuando corrí a abrazarlo fue contarle los dedos.

Yo sé que Dios llevaba mis súplicas de tantos años en el corazón, que ya se las sabía de memoria, que ya hasta les había tomado cariño, porque en menos de una semana encontraron a los secuestradores de mi papá: les habían arrancado los dedos, los testículos, los ojos.

Bendito mi Dios que nos hizo justicia.

76.

Ahí empezó ella su camino de odio. Antes era sólo él el que la lastimaba, luego fue ella la que empezó a hacerle trabajos. Tuvo muy malas rachas mijo. No creo que ella le mandara hacer aquello de cuando lo secuestraron, pero sí que le llamó odios y envidias. Quiso acabar con quien le había hecho tanto daño. Es que cuando el amor es muy grande, y se vacía, hay que llenar con algo ese hoyo que queda en el corazón.

Ástrid quería a Eleazar. Juntó el odio de muchas gentes para matarlo, pero pues no pudo. ¿Cómo iba a poder? La niña ha estado en mucho peligro y ella ni sabe. La guerra entre mis hijos ahora es la guerra entre mis nietos.

77.

Y en el espejo, con vida propia, estaban esos pelos negros de cuervo.

Los míos, los de ella.

La puerta del departamento estaba abierta y ella estaba ahí.

Me miraba.

Me quitó el habla, como ya me la había quitado antes.

Eres tú, dijo esa mujer de piel tan blanca.

Caminó hasta quedar frente a mí. Tenía los ojos enormes, la nariz delicada y bella, el cabello tan lacio como oscuro.

Me puso las manos en la cara, las tenía heladas.

Me tomó de los hombros y me puso frente al espejo.

Mira, somos muchas, fue lo que me dijo.

El brillo de sus ojos parpadeaba como luz de vela, no quise verlos reflejarse en el espejo.

Recordé la advertencia de mi abuela: yo la había invocado, de alguna manera le había abierto la puerta a ese fantasma.

Su gesto se volvió severo.

¿A qué viniste?

Se acercó al espejo principal y comenzó a hablar como si hablara con ella misma. Yo ya no quise verla a través de reflejos, sino verla directamente. Me planté frente a ella de espalda al espejo. La puerta seguía abierta y me di cuenta de que estaba por caer la noche.

Aquí llegué a vivir. Aquí aprendí a trabajar. Mis hijos estaban chiquitos, ellos vieron todo, vivieron de todo, decía recorriendo el departamento.

Ástrid contaba una historia entrecortada, llena de frases hirientes, de hilos sueltos, de sentencias tajantes.

Con unos tés, con pastillas, con agujas de tejer.

Entonces dejó de mirarse en el espejo para mirarme a los ojos, enfurecida, acusándome de su historia deshilachada. Dio un paso hacia mí y me sentí acorralada contra el espejo. La tenía tan cerca que podía sentir su aliento en el rostro mientras ella volvía a repetir:

Con tés, con pastillas, con agujas de tejer.

Te aborrecí cuando supe que él te quería. No necesitó decírmelo, lo vi en sus ojos. Te quería y a mí ya no.

A ratos hablaba en primera persona y a ratos en tercera. Desdiciéndose, recriminándome, lanzándome encima su oleada de acusaciones.

Dos kilos de carne para los perros.

Fue la noche de las auras.

No tenía caso vivir así.

¿Cómo va a crecer una niña sin saber quién es su padre?

Cuando me dijeron que estabas aquí supe que venías a maldecirme.

Era como si tratara de hipnotizarme diciéndome que lo había intentado tres veces. Fue cuando dijo sus palabras. Sus putas palabras. Y ésas sí las entendí, perfectamente, porque fue como si esas palabras me arrojaran a un vacío, y sólo el espejo estaba ahí para sostenerme. El espejo más grande de la habitación, que cubría la pared completa, se rompió en pedazos y el trozo más grande al caer pasó su filo por mi cuello. Tocar mi herida y ver mi propia sangre me despertó del mantra de Ástrid, de su irrealidad, de su confusión.

No era que Ástrid me hubiera empujado contra el espejo, ella ni siquiera me había tocado. Habían sido sus palabras. Sus malditas y putas palabras.

Yo te maté tres veces. Te maté tantas veces que no sé qué estás haciendo aquí. Con unos tés, con pastillas, con agujas de tejer.

78.

Jugaba baraja con los hombres, hasta después de la media noche. Algo andas buscando tú, le decía, algo que te falta. Y ya no juegues, Estrellita, ya no juegues, pero ella seguía y seguía. Qué tanto juegas. Pues es que si me sale el rey, es como si me saliera Dios. Pero qué Dios ni qué Dios, ya a esas horas pura ánima, puro Diablo. Jugó hasta que se lo encontró. Yo nunca podía dormirme hasta que Estrellita se metiera. Ya ni le decía nada a Eleazar porque hasta le sacaba sangre, ya no quería que le pegara. Sería la una. O las dos. Me asomé y ellos seguían encerrados. Nomás se veía luz en la ventana. Vi que bajó un aura, aquí bien cerquita. De tanto jugar ora sí les cayó el Diablo, yo pensé. Y sí. Sería como la una, se veía en esa mentada estrella que brilla tanto. Eleazar no estaba. Por eso ella me dejó encerrada con los niños. Usted nunca se vaya a salir. Pase lo que pase, me cuida a mis hijos, me decía Estrellita. Yo tuve la culpa, por no afectar a mija nunca le dije nada a Eleazar. La gente ni hablaba porque le tenía mucho respeto, así que nunca se enteró de esa bola de bandidos que se juntaba a jugar. ¿Con qué otra clase de gentes iba a jugar ella a esa hora? Hasta que les salió el Diablo.

79.

Tú fuiste por mí. Yo no te busqué. Tú fuiste.
Ástrid se rio.

No he vuelto a salir de esta ciudad. Me protege,
me cubre con su manto.

No tenía voluntad para defenderme. Me tenía
acorralada contra el vidrio. Cada vez estaba más fu-
riosa. Yo había entrado a su territorio y ella tenía
derecho de hacerme cuanto quisiera.

Me sujetaba con fuerza. Me encajaba el filo de
un trozo de espejo en el cuello.

No tenías que haber nacido. Tenía que haberte
aventado al monte. No tenías a qué venir.

Sentí el mínimo y fresco correr de la sangre.
Pude haberme defendido, tenía la Glock al alcance
de mi mano, pero ¿qué clase de persona sería yo
si le disparara a mi propia madre? O quizá, más
que el conflicto moral, lo que tenía era la necesidad
de dejar correr la historia. Sin participar. No tenía
fuerzas ni ánimo para intervenir. No había sido invitada a esa ciudad, no tenía derecho a romper el
curso natural de las cosas.

Su aliento estaba tan cercano que lo podía sentir cálido a pesar del hielo de su mirada. El filo del
trozo del espejo ya presionando la piel de mi cuello.

Nadie te dijo que vinieras.

Ástrid.

Ástrid.

No era mi voz.

Una mujer idéntica a mí llegó detrás de Ástrid, sin soltar un celular.

Ástrid, te habla Rock.

Cálmala.

La recién llegada puso el celular en el oído de Ástrid. Ella sonrió, pero no dijo una sola palabra. Pasó de ser una fiera desorbitada a ser un conejito manso, contento, tierno.

Un hombre que parecía escolta la tomó del brazo y le dijo que ya iban para la casa.

Me sentía aún clavada contra el espejo. Mi historia, que debía haber terminado ahí, tenía una continuación. La continuación era ella. Me dio una bofetada.

Traté de mantenerte al margen de todo eso. ¿Por qué chingados tenías que dispararle al policía?, te conseguí un trabajo, ¡hasta te conseguí un amante!, ¿tenías que joderlo todo?

¿Y tú eres?

¡Adria, tu hermana! ¿Quién chingados iba a ser? ¿Creías que Ástrid? ¿Por eso me llamabas?, ¿por eso viniste hasta acá?

Ella estaba por demás enojada.

Todo era una historia muy confusa y tonta. Había perdido todo por seguir a mi hermana. Yo que era única, sola, independiente, que me burlaba de mis primas que no sabían pensar individualmente. Había perdido mi vida por seguir a una hermana. A una hermana que lo único bueno que pudo haber hecho por mí era no haber existido nunca.

Tú fuiste quién me buscó, me defendí.

Y tú fuiste la pendeja que me siguió hasta acá.

El hombre de traje barato entró y le devolvió el celular a Ástrid.

Ya va la señora para su casa, dijo.

Gracias, Terán.

Adria le arrebató el celular.

Pinche loca de mierda.

El señor sigue en la línea.

Adria cambió su humor en medio segundo.

Hola, mi amor.

Ajá.

Sí.

Se vino para acá. Sí.

Se aferró a que quería verla.

Esta pendeja hizo un despelote en el metro. Ya difundieron las imágenes en internet. Tengo que llevármela.

Es que es pendeja, Rock, qué quieres.

¿Quién es Rock?, tuve el valor de interrumpir.

Mi hermano.

Entonces existía.

Alargué el brazo para tomar el iPhone.

Quiere hablar contigo, dijo Adria en un acto, tal vez, de confusión.

¿Bueno? ¿Hola? ¿Hola?

No importaba mi cuello abierto, mi vida rota: se suscitaba un milagro.

¿Eres tú?, comencé a llorar sin control.

Él no dijo una sola palabra porque no quiso. Si toda la vida lo había necesitado y él no había roto el silencio, ¿por qué iba a romperlo ahora?

Adria me quitó el teléfono.

Sí, ya sé.

¿Vas a venir?

Ajá.

Voy a ver dónde la meto. Qué chinga. Ya quiero reírme en la jeta del Lobo y decirle que tengo a su cachorra.

Yo me había recargado contra la pared hasta caer sentada en el piso. Se puso de cuclillas y me puso el rostro tan cerca que creí que de nuevo iba a besarme.

Bienvenida a la familia, me dijo.

80.

Yo nomás oía cómo aullaban las brujas. ¿Pa qué juegan tanto? Nomás llaman al Diablo. Se habían juntado varias auras ahí, en el sabino, y sí hubo uno que otro vivo que les quiso dar de balazos pero pues qué les iba a dar. Nada. Nomás hicieron que más se enojaran.

Estrellita siempre me pedía que atrancara por dentro, y ella me atrancaba por fuera, ¿ya qué hacía? Me quedé rezando con mis niños, mis nietos y mija Tina, estaba todavía chiquita mija.

Rezando y rezando estuve hasta el canto del gallo, el gallo es de Diosito porque dice: Ya nació Cristo.

Fue una maldad muy grande la que le hicieron a Estrellita. Yo digo que desde ahí quedó tonta, quedó como ida. Se pudrió por dentro o yo no sé. Ya nunca fue buena persona.

Yo me acuerdo deso cada noche, hasta cuando veo el sol es cuando descanso porque entonces digo: Ya amaneció Dios.

81.

Mirarla era como verme a mí vestida con minifalda y stilettos amarillos, blusa blanca. Yo impecablemente maquillada, ojos con sombras recargadas, pestañas postizas y una estola de mink. Se había colgado en el cuello todas las cosas de oro que se había encontrado. Una mascada Pineda Covalin en la cabeza. Aretes enormes de plata. Un estilo mexican curious fridakhalesco liladownesco todavía empeorado, si es que acaso aquello era posible.

Adria no era yo, era yo en el sentido más inverso. Mientras yo vestía un suéter blanco manchado de vómito y mocos, ella vestía una blusa ajustada del mismo color pero impecable. Hacía días no me maquillaba, pero simplemente con lavarme la cara recuperaría la clase. Ella, que hacía "bling" de tanto oro y pedrería exagerada, nunca la había tenido.

Ella era el Demonio. Lo supe incluso antes de que dijera nada.

¿Te estás divirtiendo?, ¿te gustó la gran ciudad?

Como necesité sujetarme a algo que fuera cierto, mencioné ese nombre:

Tú eres Ástrid.

Se abalanzó dejándome marcadas las uñas en la cara, me peló los dientes, me dejó claro el odio.

Que no importaba que compartiéramos los rasgos y los gestos. Lo que nos unía era el aborrecimiento.

A ver. Primero: última vez que me confundes con esa perra. Yo no soy Ástrid, soy Adria. Tu hermana. Dos: ya me harté de tus llamadas y de que llores y cuentes tu vida de niña rica. Por llamar cuando estaba distraída, la loca de Ástrid te contestó y se enteró de que aquí estabas. Tres... apunta porque no lo voy a volver a repetir, Roger es mi hermano... ok, nuestro, pero cercanamente es mi hermano, no tendrá ninguna relación contigo. No lo conocerás, no puedes hablar de él, es como si no fuera nada tuyo.

Un pequeño martilleo de cincel, en la cabeza, comenzaba a amenazarme con convertirse en migraña.

Y no puedes volver a decirle Rock. Para ti es el señor Roger Quintanilla. Y punto.

Decía que se iba a callar, pero disfrutaba articulando cada palabra.

Y hoy, que tengo tanto trabajo, me toca hacerla de tu pinche niñera, se quejó.

Y no sabes cómo me emputa que arruinaras todo, ¿qué ganabas, o qué? Pinche morra, estás bien pendeja.

Entre la seducción de verla idéntica a mí, entre el repudio de verme en ropa tan floripinta, no decidía si quería seguir con ella en el Cadillac o no.

Iba a dejar que mi vida transcurriera frente a mis ojos. Tal vez lo mismo debía hacer ella.

No tienes que ser mi niñera, nadie te obliga.

¡Sí me obligan!, ¿tú crees que te traigo aquí porque quiero? Estás bien pendeja, morra. Bien pendeja.

82.

Ya me habían mandado a vivir a la orilla del pueblo. ¿Qué más querían de nosotros? Eran cosas de muchachos, yo no podía hacer nada. Me dijeron que les dijera que era pecado, que no podían vivir así como si fueran marido y mujer. Que yo era una alcahueta. Pero eran mis hijos. Si se querían, ¿yo qué hacía? Desde chicos se querían. Se tomaban de la mano y se iban juntos. Se querían así, sin malicia. Cualquiera de los dos hubiera dado la vida por el otro. Yo era sola, ¿qué podía darles yo? Pero se tenían el uno al otro. A mija la mandé al otro lado a ver si así se callaban las habladurías. Sufrió mucho mija allá en la pisca. Recibió los malos tratos que reciben las muchachas bonitas. Diosito me perdonó que la hubiera mandado para allá, me la regresó y pues, no se puede evitar cuando por dentro bulle algo así tan grande. Nos corrieron. Nos mandaron a vivir a la orilla del pueblo. Pero yo nunca parí coyotes. Yo parí lobos. Mi primera camada fue de lobos. Ya después nació mija Tina. Mi coyotita.

83.

Era tan extraño mirarla tomar el volante con la mano izquierda, dejar la mano derecha reposando en el regazo. Tararear alguna canción sin emitir sonido alguno. Then love, love will tear us apart again. Aprovechar el alto para mirar su labial en el retrovisor. Un color que yo nunca habría elegido. Todo lo demás, los gestos, los movimientos, los rasgos, era idéntico.

Te busqué trabajo honrado, pero pues la vocación se impone, ¿no, Lucy? Y al final de cuentas, yo no tengo ninguna obligación contigo ni tengo por qué estar preocupándome por ti. Tú te metiste en esto.

Llegamos a un hotel viejo, cerca del ciber al que yo iba en la colonia San Rafael.

Pásame lo de la guantera.

Era una bolsa con anillos y collares de fantasía, puras baratijas. Como si no fueran suficientes todos los accesorios que traía puestos, también se puso lo de la bolsa.

Le dejó las llaves así, en medio de la calle, a un travesti.

No pasa nada, es la Blondy, le gusta dar vueltas a la manzana mientras salgo.

Yo no le había pedido explicaciones. El lobby era viejo, el ascensor milagrosamente subió.

Era uno de esos hoteles baratos. Ni siquiera se parecía al que había habitado con el gordo. En la última habitación de uno de los últimos pisos, Adria se detuvo, buscó una llave en el bolsillo.

No me digas que se me olvidó.

Revolvió todo.

No, aquí está.

Abrió.

Era un mar de chicas. Catorce, quince, dieciséis años. En las camas, en el piso, en el armario. Habría veinticinco o treinta.

Me resistí a entrar, qué tal si Adria me dejaba ahí dentro. Un hombre me dio un empujón y cerró la puerta tras de mí. Ya lo había visto yo en la banqueta de mi edificio. O sea que todo el rato nos había seguido.

Adria repartió besos, abrazos, las bolsitas de Zara que traía, a la primera que le dijo que qué bonitos anillos le regaló uno. Luego le pidieron los demás.

¿En serio te gusta? Ten, mi amor, se deshacía de los accesorios corrientes.

Las chicas parecían alegrarse por verla.

Ven, siéntate conmigo, no seas ranchera. Ella es mi hermana, chicas, se llama Lu.

¿Lu?, ¿así nomás, Lu?

Sí, así nomás. Lu.

¿Cómo Lucila?

No, Lu.

¿Cómo Lulú?

Lu, nada más.

Ah.

Varias chicas preguntaron si alguien iba a ir por ellas.

Yo mera. Voy a tener una fiesta. Lu, ayúdame con las muchachas.

Sacudí levemente la cabeza, no sabía a qué se refería.

Dime a quién llevamos a la fiesta.

Entonces sí me negué abiertamente.

Baby, vamos a la fiesta, dijo Adria sujetando a una chiquilla de cabello castaño muy largo. Se le hacían hoyitos al reírse.

Y también tú, mi amor, señaló a una morena muy delgada pero con mucho busto.

Y aquella que está en la esquina, no se me esconda, mija, pacá.

Lu, ya nos tenemos que ir. ¿A quién invitas a la fiesta?

No quería invitar a nadie, no quería ir a ninguna fiesta. No entendía de qué se trataba nada de eso, y no quería ser cómplice.

¿Lu?

Seguí con la mirada agachada, no quería tener nada que ver con el destino de esas niñas que no pintaba bien. Yo no quería participar en esa historia.

Lu, si no eliges a nadie, voy a tener que ponerte un vestido y maquillarte para mis invitados.

84.

Es que Eleazar se iba mucho. Sí, de trabajo, pero también porque quería. Para cosas que podía mandar a los hombres, prefería ir él. Ya andaba en la política, ya tenía su carrera, pero seguía aferrado a las cosas de rancho. Y pues le contaron de un animal que se andaba comiendo a las vacas. Echó carne seca, sal, agua y parque pa la carabina. Entonces comenta que alcanzó a ver al animal, lo vio cuando agarró una vaca, un toro o algo así, lo mató y empezó a comer. Comía a llenar, luego se iba a una lomita y aullaba, luego ya se iba a dormir. Pero detrás de él andaban coyotes y coyotas, andaban como diez o quince animales, comían de lo que dejaba el lobo.

Él comentaba que era lobo porque era más grande que un coyote y con el pelaje de otro color. Bien fácil distingues al lobo de los coyotes: el lobo es el que mata, el coyote nomás se come las sobras. Dice mijo que lo siguió durante tres días, hasta que al final le dio blanco y lo mató. Se usaba que el cazador llevaba el cuero del animal como prueba y le daban algo. Pero tu papá no quiso nada, ¿qué necesitaba? Nada. Entonces le dieron su nombre. Se le quedó el Lobo desde entonces.

85.

Primero Adria había pedido que pusieran a las muchachas en la camioneta del hombre que nos seguía.

No debes hablar con esas gatas, me dijo cuando nos quedamos solas en su Cadillac.

Había elegido una chica que me recordaba a la del pueblucho en el desierto con Rosso. No a la avispada. A la otra. Callada, ojos apagados como si supiera que su mala suerte estaba echada. Seguramente también sería de un pueblo del norte, lo sentí por su acento golpeado. Fierecilla apaciguada. Bronca ya domada.

Sólo me pregunto si Rock iba a estar en la fiesta, le dije a Adria.

Señor Rogelio Quintanilla, para ti, ya te dije. Y claro que no va a estar. Lo de hoy es una corrientada.

Entonces cambió de opinión y pidió que sentaran a las cuatro chicas en la parte de atrás de su auto.

Si no a qué horas les explico todo. Ya es bien tarde.

Cuando subieron las chicas les dijo que tenían que portarse amables, lindas, accesibles. Que más que hacerlo por su trabajo, lo hicieran por ellas: iban a estar frente a los hombres más importantes del país. Era la oportunidad de su vida.

Yo miraba por la ventana. Calles sucias. Ciudad sucia. ¿Cómo sería Rock?

Adria daba clases rápidas de modales: jamás hablar con la boca llena de comida, no se dice haiga, no se preguntan cosas de dinero, no se pican los dientes en público, no se le pregunta nada a los señores...

¿Rock estaría en la misma ciudad? ¿Por qué venía a enterarme de su existencia en el peor momento de mi vida? ¿Por qué no había querido hablar conmigo? ¿El también habría pensado en mí?

Ahora tenía una familia. Otra mucho peor que la anterior. Ninguna casa. Ningún amigo. Tanto viaje caótico buscando lo que me faltaba no me llevaba a ningún buen destino porque en realidad me llevaba a lo más importante: a Rock.

Tampoco nada de preguntar sobre sus esposas, eso es de mal gusto. Ya sabemos que todos los señores importantes están casados, seguía Adria.

Rock no estaría ese día en la fiesta. No le importaba conocerme.

¿Quedó claro lo del maquillaje? ¿Lu?

No sabía qué tenía que ver yo con el maquillaje y sus preparativos.

Volteé con parsimonia, sin saber si estaría dispuesta a recibir otra bofetada. Ella sólo me sujetó del mentón.

Si eres tan tonta y no entiendes nada de maquillaje, entonces les vas a elegir los vestidos. Ya sé que tienes buen gusto.

¿Cuántas personas en la vida me habían dicho que era una tonta? ¿Sería verdad? Cuando conociera a mi hermano se abrirían los canales de mi mente. Pura y llanamente sería yo. Sería con él. Porque el amor es querer saber lo que el otro sabe. Querer que el otro sepa lo que yo sé. Contarle del clima en Roma, Rosso, Gretel… pero eso era ya pura sangre. Tendría que tener nuevos recuerdos. Con él. Roma, Rosso, Rock, recuerdos. Tal vez un día podríamos platicar, tomarnos un café, ir al cine. ¿Sería guapo? ¿Se parecería a mí? ¿Querría viajar conmigo? ¿Tendría hijos, esposa? ¿Me presentaría a sus amigos, me dejaría ir a las fiestas de sus amigos? ¿Me dejaría cuidar a sus hijos? ¿Me presentaría así, como su hermana? ¿Lo diría así, "hermana"? Ella es mi hermana. Lucy es mi hermana. De Roma a Rosso para llegar a Rock.

86.

Hay justicias que no se pueden quedar en manos de Dios. Eleazar ya no quería a la mujer, pero no iba a permitir que le hicieran eso. A él.

87.

Desármala, Terán.

Adria estaba ansiosa, molesta, torpe. Habíamos llegado a un departamento en Polanco rodeado de guardias y de exagerada vigilancia. Terán, el hombre que nos había seguido todo ese rato, no se atrevió a ponerme una mano encima.

A las cuatro chiquillas las metieron a una habitación.

Acomodándose el pañuelo, Adria se fue tras ellas, cambió de opinión. Volvió.

La Glock, le dijo a Terán alargando la mano.

Es que el señor Roger dijo que no.

¡Que no qué!

Que dejáramos que la muchacha hiciera lo que quisiera.

El señor Roger está surfeando en California, lo que pase aquí es asunto mío.

Como Terán seguía ahí, sin obedecer, Adria se me abalanzó, creyendo que iba a ser fácil desarmarme. Terminamos forcejeando en el piso. La sujeté del cabello, la lancé al piso y la monté, como hacía cuando de chiquilla me peleaba con Max. Le di un golpe en el mentón y cuando ella iba a pegarme, Terán me la quitó de encima.

Présteme la pistola, patrona. Le juro por mi madre que se la regreso. Sólo que aquí las mujeres no pueden traer armas. Son reglas de la casa.

¡No le digas "patrona"!

Si no me la habían quitado los matones de mi padre, no me la iban a quitar unos guarrillos chilangos chaparros de sacos baratos. Pero quise ver cómo avanzaba mi historia, la película de mi falta de voluntad. Extendí la mano y se la di.

Adria la pidió pero lo único que hizo Terán fue mostrársela.

Chaparrita Consentida. ¿Así te decían, o qué?

No es tu asunto.

Es mi asunto porque esa pistola era mía. Y tus novios y tus casas también. Y tu papá y tu ropa.

Me reí. Ahora la que se comportaba como estúpida era ella. Jamás podría ser yo. No tenía ni el gusto ni la sensibilidad ni la capacidad de abstraerse del mundo para seguir siendo un ser bello y con clase.

Ni volviendo a nacer, puñetas, dije y sentí que mi risa era un sabor nuevo en mi boca, uno que nunca había experimentado.

¡Es mi asunto porque yo gano el dinero que tú te gastas!

Pues qué pendeja, le contesté.

88.

Sí fuimos con el Niño. Yo la llevé. Primero dijo que la iba a sobar cada semana. No me diga qué tiene, yo sé, déjemela, yo la voy a estar curando. Pero no se la quise dejar. Tan bonita era mija que yo ya desconfiaba de todos. Ya cuándo, ya le habían hecho mucho daño. Ya para qué la precaución. Se la llevaba dos veces por semana y la curaba conmigo ahí. Nunca la dejé sola. La panza se le iba haciendo chiquita. Yo nunca había visto que pasara eso. Pero la panza sí se le bajaba. Por qué no se la baja toda de una vez, ahí tiene sufriendo a la criatura. Lo que es de Dios vuelve a Dios, dijo el Niño. Pero yo ya no le creía, por eso le pregunté: ¿Y lo que no? Entonces ya no quiso tratarla. A Estrellita le daban unos dolores que aullaba. Yo sentía que se iba a volver aura y que iba a salir volando. Se le arrodillaba a Eleazar, llévame, llévame, le decía. Pero pos qué la iba a querer mijo. No he conocido a otro más orgulloso. A mí me dijo: Ahí déjela, no quiero que le ande dando de comer, no quiero que le haga nada. Ahí déjela. Si lo que le gusta es andar en el monte, ahí que se quede. Pero los niños, Eleazar. Para saber si son míos. Y ya no los quiso ver más nunca.

89.

Quería que nos vistiéramos iguales: unos kimonos café muy cortos enredados con listones, cabello recogido y maquillaje pin up.

Está del culo, wey.

Perdóname, pero mi estilo le gusta a mucha gente. Para los gringos yo soy la sensación.

Porque los gringos son los chilangos del mundo, no tienen nada de gusto.

Aparte, son Gucci.

Eso qué. Están horribles.

¿Eso era tener una hermana?, ¿simular que teníamos gustos comunes, exhibirnos dejando claro que teníamos la misma genética, odiarnos pero contenernos? Nada puede ser más patético que tener una hermana, pertenecer a una manada de hembras, compartir un cerebro, ser Miry, ser Becky, o ser Rachy. O ser Adria. O ser Lucy.

Busqué en su clóset. Había dos vestidos plateados un tanto transparentes.

Con lencería bonita, estos pueden jalar.

Pero no son de marca.

Pero parecen como que sí.

A la hora de ponerme el vestido, dudé. Me sentía desnuda. Expuesta. Por más maquillaje en el cuello, no podía esconder la cortada que me había hecho Ástrid. Nunca me había puesto la ropa de otra persona. Era como meterme a las sábanas usadas del pueblo en el desierto, pero ahora no estaba la piel de Rosso para limpiarme. De cualquier forma, ya había dormido en cobijas puercas, ya me había acostado por MTV y agua caliente, ¿qué tanto más me podía ensuciar?

Después del maquillaje, quedamos idénticas. Aunque su piel era blanca y la mía morena.

Frente al espejo me lo dijo:

Eres igual a él. Pero él es alto.... Te pareces más a él que yo, dijo decepcionada.

No pensé que el vestido se viera tan tan mal, y el maquillaje pin up con boca rojísima que no había probado nunca me sentara tan bien.

¿Creías que estabas en el infierno, baby?, me interrumpió Adria mientras me observaba. No conoces el infierno. Apenas lo vas a conocer.

Entramos al cuarto de las chicas, las estaban terminando de maquillar. Adria seguía repartiendo instrucciones.

Tú te vas a llamar Katy, tú Barby, tú Carly, tú Sexy... suertuda, la que se llama Sexy siempre es a la que le va mejor.

A Sexy se le iluminó el rostro, se sintió con permiso de preguntar:

¿Va a venir el señor Roger?

Shhh, shhh, shhh, no se habla. Cuando entran a esta casa ya no hablan, a menos que se los pidan.

Y ya saben, sin comida en la boca, sin decir groserías, sin preguntarle nada a los señores.

Sexy, mejillas quemadas, se parecía mucho a
aquella chica del desierto que pudo haberse llevado a Rosso si hubiera querido. Los ojos claros. El
cabello lacio y castaño. Los dientes tan blancos.
Pero no era. Hablaban tan tosco. No las dejaban
hablar, seguramente, para que no se les notara lo
ranchero.

Era difícil saber cómo debía comportarme en
esa fiesta si nadie me había aclarado si yo era anfitriona o invitada. Así había sido siempre. Sin saber
si era invitada o anfitriona por el mundo, por mi
vida, por mi casa. Por esa fiesta patética a la que
sólo llegaban politiquillos de baja categoría, hombres sin clase ni talento. Hombres ordinarios que
lucían ridículamente sus trajes caros.

A última hora, Adria me había puesto un antifaz y me había dado otro vestido.

Estás reservada para el acto más importante.
Así no anunciamos que habrá gemelas, hasta que
llegue la hora.

Fuck.

Más difícil que ser anfitriona o invitada, es ser
la novedad circense.

Adria, molesta, me dijo que Rock le había orde-
nado no dejarme sola ni diez segundos, que tendría
que seguirla a cada una de las habitaciones donde
ella anduviera, que no interviniera ni hablara, sólo me quedaría de pie donde no estorbara mientras

ella hacía lo suyo. A cada momento debía estar al alcance de su vista.

Eso hice. Las únicas dos mujeres ahí éramos Adria y yo. Aún no salían las chicas. Me pareció que cuatro muchachas no eran nada para los más de treinta hombres que ya circulaban por la sala del pequeño departamento. A pesar de que había meseros, Adria se desvivía por atender a todos los invitados. Sólo hombres. Me sentí vulnerable entre tantas miradas. Adria me mandó al rincón cuando comenzaron a preguntarle quién era yo.

Sonríe, pendeja, me dijo entre dientes, pasándome la mano por la mejilla en alguna de las ocasiones que cruzó junto a mí.

No había motivos para sonreír. Los hombres alzaban la voz, comenzaban a impacientarse y cada vez llegaban más de ellos. El equipo de seguridad de Adria apenas era de cinco o seis personas y yo no entendía qué era lo que estábamos esperando.

Ya vienen, ya vienen, hoy pura delicia, Adria repartía besos y apretones de mano como horas antes había repartido baratijas.

Era como mirarme a mí misma si hubiera nacido en El Chiquero y no en El Cielo. A eso se refería el refrán ese de la mona vestida de seda. Adria comía un bocadillo y hablaba con la boca llena. Los otros monos también eran puro muerto de hambre: chaparros, prietos y chilangos.

Cuando la sala estuvo llena, Adria bajó las luces y dijo que todo estaba listo.

Ni ella, ni sus guarros, ni los invitados estarían de mi lado. Atestigüé en silencio que sentaran a Barby en medio de la sala, que la observaran, que hablaran de ella despersonificándola: las tetas, la firmeza de la piel, la limpieza del cutis, las nalgas, los dientes. Le levantaban la falda con la naturalidad con la que se descorre la cortina. Le habían puesto un grillete de piel en el cuello, y la conducían como quien paseaba a un cachorro. Los hombres se habían dividido en equipos. Cuando terminaron de mirarla y comentar sobre ella, sin tocarla nunca, comenzó la subasta.

Múltiplos de cien mil. No saber si pagar por esa o por alguna de las siguientes. Seguro lo mejor se guardaba al final.

No me quiero ir sin comprar nada.

Sí está buena, para qué nos esperamos.

Dicen que la última es la chida.

Ya no voy.

Hasta que Adria gritó "¡Al rastro!", en lugar de "¡Vendida!", Barby entendió que no estaba ahí para prostituirse.

Y yo, acto final, también.

90.

Estrellita quiso sacarse ese hijo. Decía que no se le había muerto. Le quemaba por dentro. Yo creo que Eleazar, por puritita venganza, no la dejó. Cuando ya se le iba a salir, pidió que la amarran de un árbol. Yo no tuve corazón, me fui a escondidas, le caché a la niña cuando se le salió. Fue una niña y Estrellita la quiso aunque antes no la había querido. Yo digo que por eso Eleazar se la quitó. Ni sabía si era suya, pero se la quitó.

91.

No quise entrar a ese cuarto. Lo poco que vi, una hora después, era suficiente horror para el resto de mi vida. Pisos de mosaico y coladera en medio de la habitación. Sangre. Cabello. Una chiquilla desguanzada y desnuda. Grité. Adria entró pidiendo que prepararan a la muchacha y me sacaran a mí. Desde fuera la oí. No volvería a obedecer sus estúpidas instrucciones. Tenía que ver cómo salir de ahí.

Terán me esposó a una silla en la oficina de Adria.

Aguante, no le va a pasar nada, nada más no haga escándalo, me dijo al oído.

Frente a mí, metida en un blanco e inocente vestido de niña que semejaba un ropón, con la cara totalmente limpia, dejaron el cuerpo de Barby. Yo no había respondido al oír sus gritos, y hasta había obedecido la instrucción de subirle más a la música. Ahora Barby estaba ahí, con la cabeza colgando de lado; un brazo que le colgaba de más, seguramente estaba zafado.

Era apenas una niña.

Adria entró, seguida de uno de los politiquillos.

Se la ofrezco a usted porque es de confianza y sé que tiene gustos muy finos.

El hombre sólo despegó la mirada de la chica cuando Adria aclaró el precio. Respingó, dijo que era mucho.

Señor diputado, nada más tome en cuenta que nosotros nos deshacemos de la basura, y eso es lo más costoso. Puede agarrar a cualquier muchachilla de barrio, si eso quiere pero, ¿dónde la va a tirar? Prácticamente le estamos regalando a la mercancía, seleccionada, ya lista, la seguridad es lo que cuesta.

Así que eso era mi verdadera familia: una comunidad de enfermos.

92.

Pues ya te nació la coyotita, le dije. Fue la única vez que mijo me alzó la mano. Mijo nunca fue así, pero esta vieja piruja me lo trastornó.

93.

Ni siquiera lloré ante la presencia de la muerte: ya estaba seca.

Justo después de la venta del tercer cadáver, Adria le pidió a Terán que me llevara a su recámara. Lancé patadas y puñetazos, me negué a sacarme el vestido, Terán me sujetó y volvió a decirme que no iba a pasarme nada, que no hiciera enojar a Adria, que aguantara. Me pusieron un vestido plateado, esposada me regresaron a la oficina para presenciar la venta del cuarto cuerpo.

Seguía con el rostro cubierto por el antifaz. Adria quería más dinero por Sexy que por las anteriores. ¿Cómo decirle Sexy si era sólo una niña metida en un vestido blanco floreado? Parecía lista para su primera comunión. El rostro en paz al fin, la personificación de la inocencia. Había sido ultrajada, golpeada, escupida, pateada, jaloneada, mordida, lanzada de un lado a otro, pisoteada, vejada, quebrada.

¿Cómo podría mi alma redimirse después de haber vivido tantas horas en el horror? ¿Cómo podría mi alma existir? ¿Cómo podría tener alma si yo había elegido a Sexy, para que estuviera frente a mí, reposando, vacía, muerta, con una oreja arrancada?

Prácticamente le estamos regalando a la nena, licenciado. Sólo le estamos cobrando la seguridad, que es lo que a mí me cuesta. Ahorita pasa a la recámara con esta señorita y cuando acabe yo me encargo, usted no tiene que mover una pestaña.

La puerta de la oficina se abrió de golpe. Todos nos sobresaltamos. Fue como si Sexy, con su mirada perdida, boca abierta, fluidos llegando al piso, hubiera dicho una palabra. De ese tamaño fue nuestro susto.

Pero Sexy, muñeca, reposaba en el mismo lugar donde la habían dejado.

Un hombre muy alto había entrado al lugar. Un animal enorme y moreno. Un hombre y su olor a cigarro.

94.

La primera que tuvo podía atravesarte con los ojos. Si me despertaba en la noche la veía ahí, parada junto a la cama, nomás mirándome. No hablaba, no pedía, era una mustia. Yo quise quererla, ¿nomás era una niña, verdá? Pero pues no pude. Me miraba y sentía que me oprimía el pecho, como si me quitara el aire. No pude. Después supe que era mala. El único consuelo que me queda es que esa maldad no la sacó de mi casa.

El niño era distinto. Su problema era que siempre hizo cuanto su hermana le decía.

95.

La belleza es esa cálida certeza de que el mundo, a pesar de su dolor, debe seguir existiendo. La belleza de un hombre y su perfecta piel oscura, del mismo color que la mía. La belleza de la existencia y la conciencia de que jamás obtendríamos el amor, pero sí el deslumbramiento. Una potente lámpara apuntada directo a los ojos de un ciervo.

La belleza es esa tierna sintonía que nos hace olvidar el asco que produce el mundo. Que nos hace ofrecerle el cuello al peligro.

La belleza es esa cálida melodía que acrecienta el miedo, ¿cómo seguir viviendo al momento de tener que cerrar los ojos? La belleza tiene la perversión del engaño: porque existe, se posterga la muerte, se olvida el horror, se desea preservar la vida para seguir posando la mirada sobre el objeto luminoso aunque de él brote un olor a sangre.

La belleza es un objeto de fe.

De mi fe.

Su rostro era el mío en facciones más toscas. Sus gestos eran como si fueran aquellos de los que yo había aprendido los míos.

Existes, hubiera dicho, pero no era necesario abrir la boca y romper el momento.

Dios de luz, Dios de paz, de la misma naturaleza que el Padre.

Qué trata usted con mujeres, trate conmigo, saludó fraternalmente al diputado, le apretó con mucha fuerza la mano.

El hombre tomó el lugar principal detrás del escritorio. Agitó la mano, indicándole a Adria que saliera. Ella se levantó inmediatamente, más pálida que de costumbre. A señas Adria le indicó a Terán que me sacara de ahí.

No, no, déjala. Ya sálganse todos. Déjenme con el licenciado, y déjenme a la señorita, dijo el hombre refiriéndose a mí.

Era tanta su belleza que me infundió miedo.

Licenciado, como si no fuera usted amigo de mi papá, esta pinche vieja cobrándole. Ya sabe que a mí no me gusta andar regateando, ni andar discutiendo. Yo lo que quiero es que siga la fiesta. ¿Usted no?

Sí, Junior, pos a eso vinimos.

Ándele pues.

Ordenó que se llevaran a la muchacha a la recámara, y contento el diputado, un viejillo calvo, salió tras ella.

Cuando nos quedamos solos, el hombre abrió un cajón del escritorio. Sacó un gran frasco de alcohol en gel. Se arremangó la camisa, se empapó las manos hasta los codos. Se secó. Se abrió el saco al llevarse las manos a los lados y pude apreciar que traía una funda sobaquera con una Glock. Se me puso justo en frente.

281

Era más moreno que la arena del desierto. Su tono de piel era idéntico al mío. Y sus ojos y sus labios. Pero era alto. Quise preguntarle cuánto medía. Era realmente hermoso. Pensé que ya podía morir: había visto el rostro de mi hermano.

Me miraba fijamente. Me quitó el antifaz. Tocó mi vestido. Mi quijada. Revisó mi cara. Pensé que me registraba como los hombres que antes habían inspeccionado a las chiquillas.

Abrió la boca pero no dijo mi nombre, dijo el de ella.

Adria, ¡Adria! ¡Con una chingada, Adria!

Ella entró corriendo, disculpándose cuando aún no se le recriminaba nada.

¿Por qué traen el mismo vestido?

Bueno, es que yo pensé…

Rock no la dejó terminar, le puso con fuerza el dedo índice sobre la boca.

No hablas, y no piensas, le recordó.

Cuando se acercó para quitarme las esposas, su tacto me hizo olvidar por un instante que no había salvación.

96.

Cuando se ama también hay mucho odio. Las cosas no deben ser así, pero así son. Eleazar tiró el panal pero no mató a la reina. Ahora nos toca a nosotros torear a las abejas. Y ahí andan. Luego nos andamos enterando de un montón de cosas, se te pone la piel chinita si te cuento. No salieron buenas gentes. Mija Tina renegó mucho, hasta de religión se cambió. Claro, se olvida de nosotros pero no es pendeja, de pedir dinero sí se acuerda. Mis nietos no salieron buenas gentes. Las de Tina ahí están pululando, pero los otros no salieron buenas gentes. Pues cómo. Si todo empezó la noche que nos salió el Diablo.

97.

Rock ordenó que me sacaran de ahí y me llevaran a una casa en la Condesa.

¿Estoy secuestrada?, me atreví por primera vez a abrir la boca frente a él.

Puso cara de confundido, y al fin se dirigió a mí. No.

¿Me pueden dar mi Glock para que ya me vaya?

Seguíamos en la oficina. Él mandó traer mi arma y un abrigo.

Puedes irte a donde quieras, o puedes pasar la noche en mi casa, y mañana irte a donde quieras.

Ya no quiero verla, dije señalando a Adria.

No va a ir. Ella se queda aquí.

Por primera vez desde la aparición de Ástrid y Adria, no me movía obedeciendo, sino deseando. Me fundiría con gusto en las llamas del infierno si Rock iba conmigo. Así lo imaginé. Que él llegaría a la casa en cuanto terminara el horrible mercado de sangre.

Era la noche abierta. Era una casa muy resguardada. Jardín precioso. Escaleras de mármol. Al entrar, una empleada doméstica me dijo que la casa, los vehículos y la servidumbre estaban a mi disposición.

Sólo nos pidió el señor Rock que se dejara cortar y teñir el cabello. Dijo que por lo del asunto que usted ya sabe. Que porque ya salieron muchos videos.

Ya estaba ahí la estilista.

Horas después, yo era rubia.

98.

Hay realidades que jamás podrán ser superadas. No tenía forma de levantarme y juntar mis restos. No necesitaba seguir en esa vida que me había mostrado todo su horror. Así que dormí, opté por ese estado en el que no tenía que recordar nada, ese lugar donde no hay futuro ni pasado.

No es que los siguientes días hayan sido mejores o peores, ¿comparados con qué? No se parecían a nada que había vivido antes. Excepto por las comodidades y la sensación de ser un animal enjaulado, cada día me resultaba más sorprendente la inocencia con la que había llevado mi vida anterior.

Pude haberme ido, pero era cómodo tener un lugar donde dormir. Eso y vomitar fueron mis principales actividades.

Rock cumplió su palabra: Adria no pisó la casa que yo habitaba, aunque sí la vi a los pocos días.

Llegó a la casa en su Cadillac, sola. Se quedó afuera, preguntó por mí, me dijo que me sentaba muy bien el rubio, me invitó un café ahí cerca. No estaba ese aire de superioridad en sus actitudes ni en su voz. Iba de cara lavada y el cabello pintado de azul recogido en una coleta. Accedí. Caminando llegamos a un pintoresco cafecito con juegos de mesa para los clientes y delicioso aroma. Subimos a la terraza.

Lo rico de aquí son los hot cakes, dijo por querer romper el hielo y ser amable.

No como harinas, mentí, tratando de poner una distancia entre nosotras, sin saber si me había equivocado al aceptar acompañarla.

Ella sólo levantó las cejas. Pidió un latte. Me preguntó cómo había estado, se disculpó por su trato hacia mí en el encuentro anterior.

También me disculpo por lo que viste en Polanco. Tuve que sacarte rápido de la Guerrero y estaba molesta. Quería que vieras de golpe todo esto que hace... todo esto que pasa.

Eran tan finos sus eufemismos: "lo que viste", "esto que pasa". ¿Qué iba a decirle? ¿"No te apures, sólo vi cómo torturaban y mataban a unas chiquillas"? No contesté.

Y bueno, continuó, ya no estamos en el momento de intentar ser amigas, querernos ni nada de eso. Pero seamos claras: hace veinte años que no cuento con mi papá, ahora tú estás en la misma situación; Ástrid está viviendo en algún lugar muy perdido en su cabeza; Rock jamás está en el país. La verdad es ésta: sólo nos tenemos la una a la otra.

Sonreí con fastidio. ¿Me iba a regalar su solidaridad, así como le había regalado baratijas a las chiquillas que luego mandó al rastro? ¿Qué me estaba ofreciendo? Y, lo más preocupante, ¿qué era lo que quería de mí?

No sé de qué nos sirve eso.

Vaya. La Lobita está a la defensiva.

Lucy. Me llamo Lucy.

Adria asintió y me mostró las palmas de las manos para indicarme que estaba bien, que me calmara. Jugó con su cabello. Miró en otra mesa a unas chiquillas que coloreaban en el mismo cuaderno, unas chiquillas que habían llegado peleando y ahora estaban tranquilas como si nada, mientras su mamá hablaba por celular.

Tal vez no nos sirva de nada. No puedo saber de qué te sirve si no sé qué quieres. ¿Quieres dinero? ¿Quieres vengarte de tu papá? ¿Quieres quedarte?, ¿irte? ¿Qué quieres?

Quiero estar sola. No volver a saber de ti ni de nadie.

Adria puso su sonrisa cínica. Sacó un Lucky y lo encendió sin que yo protestara.

¿De dónde traen a las muchachas?, solté sin rodeos porque pensé que sacándola de su guion lograría que me dijera qué buscaba.

Son chicas que de cualquier forma no tienen oportunidad en la vida. Es esto o las va a padrotear el marido o el padre mientras las usan como vacas llenándolas de hijos. Así al menos ayudamos a la familia que, claro, es tan criminal como nosotros, contestó con naturalidad.

Era una justificación ridícula. No había argumento capaz de empequeñecerse tanto para llegar a ese nivel.

Otras son centroamericanas que van buscando el norte. De cualquier forma, todas saben que valen más como carne que como personas.

Pensé en Sexy. La mirada perdida frente a mí. Muerta porque yo la había señalado para que participara en esa orgía.

Era demasiada tontería. Me sobrepasaba.

¿Cómo puedes...?, ni siquiera pude terminar mi frase.

Igual que tú, me miró tan tranquila. Así igualito como tú y el policía del metro.

No es lo mismo.

¿Por qué no es lo mismo?, me miró fijamente.

No es pecado matar de un tiro, repetí las palabras de mi padre.

Sé que cada quién tiene sus códigos, su ética. Tú elevas a un hombre, padre de cuatro niños, único sostén de su casa. Y me juzgas a mí, que he evitado que nazcan centenares de chiquillos que jamás tendrían acceso a una vida digna, ¿sabes cuánto se reproduce esa gente? Esas muchachitas hubieran parido de tres a cinco huercos cada una. No puedes mirarme creyéndote superior a mí.

Elevas. Al menos tenía buen gusto para los eufemismos. Era una discusión sin salida.

Sé qué quiero.

Adria me indicó que hablara.

Quiero volver con mi papá.

Adria negó con la cabeza.

Eso yo también lo quisiera. Y no es algo reciente. Desde los cuatro o cinco hubiera estado genial volver a casa. No puedo ayudarte con eso. Lo que deberías querer de mí es mi ayuda en el asunto del policía. Mi protección. Había cámaras en todos lados. Impedí que el asunto saliera en los medios de comunicación. También lo de Nuevo León. Nadie supo que alrededor de diez personas desaparecieron por tu indiscreción.

Yo no tuve nada que ver en eso.

Te dejaste engatusar, bebé, entre un pito y el mundo, siempre vas a preferir el pito. Porque así somos, la verdad. No es tu culpa, es de familia.

¿Y tú qué quieres de mí?

Te tengo un negocio. ¿Quieres ganar dinero?

No habría dinero suficiente para volver a mi hogar que ya no tenía, ni para volver a Rosso, ni a Adán. Nada me devolvería a Gretel, ni a mi padre.

No necesitaba dinero.

Necesitaba volver a ser la chica a la que le sobraba todo.

¿Cuánto puedo ganar, o qué?

Los ojos de Adria refulgieron como si a través de ellos se asomara el animal que realmente era.

¿Sabes cuánto cuesta acostarse con la hija del Lobo?

99.

Al día siguiente tuve otra visita. Una de las chicas de la casa tocó la puerta de mi recámara para avisarme.

Señorita, vino su mamá.

¿Mi mamá?

Sí, vino la señora Ástrid.

Qué quiere.

La chiquilla titubeó.

No. Nunca quiere nada. Se queda aquí unos días y luego se regresa a la otra casa, o se va a la de Querétaro. Como que se aburre de estar en un solo lugar. Sólo pensé que debía avisarle.

Bajé a verla. Desayunaba chilaquiles. Tenía un gran parecido a mi abuela.

¿Qué haces aquí? Ahora ésta es mi casa.

Me miró como si no me conociera. Terminó su comida en silencio y se fue a la sala a tejer.

La seguí.

Me desesperas, qué quieres. Dime qué buscas aquí.

Una de las criadas me oyó. Se me acercó y me dijo bajito:

La señora no habla.

Cómo no.

Es muda.

Pero si yo la había oído. Tan clara. Directa. Diciéndome cuánto me odiaba. Volví a mi recámara y a la mañana siguiente ella continuaba ahí. Se sentó conmigo a desayunar, en silencio.

Yo no tenía un horario definido para bajar a comer, había días que ni bajaba, pero a la hora que lo hacía, ella dejaba su tejido y se sentaba conmigo, como si me hubiera estado esperando. La primera semana no dijo una sola palabra. La segunda me tejió un gorro para el frío.

Cuando volví a ver a Adria en el cafecillo, le conté.

Es rara, está pirada, pero es inofensiva, me dijo. Mientras nada la saque de sus casillas va a estar así, vegetando.

¿Tiene diagnóstico psiquiátrico?

Adria se rio.

Claro que no. Ya sabes que nuestros papás son de rancho. Ellos no creen en esas cosas.

Era curioso que habláramos de una familia en común. Era una sensación cálida.

Pero habla de vez en cuando, ¿verdad?

Es muda. No nació así, yo recuerdo que cuando estábamos chiquillos sí hablaba con nosotros, nos regañaba, nos cantaba. Todo como mamá normal.

Le dije que debíamos juntarnos los tres a tomar un café: nosotras y Rogelio.

Como una bonita familia, dijo en tono tierno, burlándose.

Para interrumpirla le pregunté si Rock estaba de acuerdo en lo que íbamos a hacer.

Fue su idea. Tú ganas dinero para hacer lo que tengas qué hacer y nosotros le mandamos un mensaje al Lobo. Qué, ¿te vas a abrir?

Sigo pensándolo. ¿Qué me puede pasar si no tengo protección extra por lo del policía?

Lo que a cualquiera de a pie. No creo que quieras toparte con el sistema judicial y penitenciario de este país.

100.

Para someter a un hombre basta con humillar a las mujeres de su casa: esposas, hijas, nietas. Cualquiera que se alimente de él es de su pertenencia.

A través de mí, quienfuera podía sentirse, al menos un par de horas, más fuerte que uno de los hombres más poderosos del país.

Ni siquiera tenía que hacer nada. Pasaba los días en el dulce sueño que dan el tequila y los ansiolíticos. Cuando llegaba la hora, la misma muchachita que me había teñido el cabello me despertaba, cuidaba que no me cayera en la ducha, me vestía y me maquillaba.

Nunca había dormido tanto hasta esos días. Llegaba a mi cita, incluso a veces llegaba a dormir. No tenía que poner ningún empeño sexual o aparentar que me simpatizaba el tipo. No tenía que participar. Mi valor era otro: ser la hija reconocida del Lobo.

No me enteraba de lo que hicieran con mi cuerpo. El acuerdo era que ni ellos ni nosotros llevábamos escoltas. Sólo un hombre por ocasión, y mi chofer tenía que catearlo antes de que entrara conmigo. Podía ser embarrada, penetrada, lamida, orinada, besuqueada, siempre y cuando no sufriera ninguna marca, ningún dolor. Adria hacía las negociaciones, y aclaraba que si me pasaba algo, Rock se haría cargo del asunto.

Yo era un juguete muy frágil y muy caro. Una granada de cristal.

101.

Un buen día Rock llegó a comer a la casa. No avisó. Las empleadas se desvivieron en atenciones y en cocinarle lo que sabían que le gustaba. Ástrid se volvió un mar de besos. Claramente era su hijo favorito.

Comimos juntos, como familia y, así, como familia, platicamos de proyectos y del trabajo.

¿Te ha ido bien en la chamba?

No me quejo. Me gusta cuando no quieren hacer nada. Ya me tocaron dos o tres que nada más se la pasan oliéndome y agarrándome el pelo, tratando de sacarme plática.

¿Y qué planes tienes?

Quiero volver a Roma. Ya no tengo a nadie allá, pero es un buen lugar para vivir. Lo único que me falta es el pasaporte, no sé cómo sacarlo.

Le diré a Adria que se encargue.

No tengo ninguna identificación.

Dijo que no me apurara y que me veía muy linda de rubia. Que no saliera más que con el chofer o con Adria.

¿En serio van a dejar que me vaya?

Nunca te hemos retenido.

Me tomó del mentón y me dijo que era demasiado hermosa.

Pues eres mi clon, no podía ser de otra manera, se rio.

Ástrid miraba y escuchaba todo. Algo en su mente se había perdido y quizá al vernos juntos empezaba a acomodar las piezas.

Cuando Rock se fue, Ástrid trató de enseñarme a señas a hacer el punto bajo.

102.

No me gustó el hombre en cuanto lo vi. Ése menos que ninguno. Estábamos en un hotel en Polanco y ese hombre me asustaba. Cuando puso las manos sobre mi cuello lo supe: no estaba ahí para cogerme sino para matarme.

Detrás de la puerta no estaba Treviño para protegerme, sólo la muchachita hipster estilista que se encargaba de mi cabello y que era menuda y bajita como yo.

Lo pateé, lo escupí, lo amedrenté con mi pistola que jamás estaba cargada cuando iba a alguno de mis encuentros. Salimos corriendo de ahí. El chofer le marcó quizá a Adria, le dijo que las cosas habían salido mal, que mandara a alguien.

103.

No por hambre, sino por compañía, al llegar a casa me senté al comedor y Ástrid acudió. Me besó un moretón del cuello y dijo:

Pobrecita.

Me cepilló el cabello. Comenzó a trenzarlo en medio de un canto hipnótico.

Para qué quieres amores prohibidos.

Para qué quieres amores que tengan dueño.

Chaparrita, por las noches yo te sueño...

El asunto del silencio es así: a veces es la única protesta a la que se puede recurrir. Y a veces la protesta se convierte en una forma de vida. Es entonces cuando el silencio se convierte en una condición, no en una decisión.

Adria llamó a la casa y me dijo que ya se habían encargado del fulano. Que nadie podía meterse con nosotros. Así lo dijo. Nosotros. Estos que somos hermanos de crimen más que de sangre. Sus eufemismos siempre tan bellos.

Cuando le pregunté por mi pasaporte dijo que seguía en ello.

Iba a decirle que me había lastimado en serio, que creí que me mataría, pero no quise mostrarme vulnerable con ella.

Cuando colgué, me puse a llorar.

Estábamos muy solos allá en el monte, Eleazar y yo, empezó Ástrid a decirme muy bajito.

Era la casucha, los árboles, los coyotes, el río, tu abuela y mi hermanita Tina, que siempre fue una huerca remilgosa y buena para nada. Una mujer con tres hijos allá no tiene esperanzas. Yo tenía como veinte y él como dieciséis cuando nos hicimos pareja. La gente del pueblo cercano no nos quería porque es muy fácil condenar un amor del que no se es partícipe.

Cuando nacieron Adria y Rogelio todo se puso más difícil. Cada vez nos hacían que nos alejáramos más, que nos internáramos más en el monte. De mis hijos decían que eran hijos del Diablo. Que tenían seis dedos, que tenían cola de marrano, que en la noche los habían visto volando sobre la casa donde amanecía algún muerto. Apenas eran unos bebés y la gente ya los odiaba.

Eleazar eligió el estudio para sacarnos de ahí, viajaba mucho a la ciudad, pero nosotros nos quedábamos a la expectativa de cualquier maldad. Nos tiraban cosas en la entrada, en la puerta, gallos negros muertos, vísceras de animales que no sabía ni qué eran.

Él se iba y yo tenía que hacerme cargo de mi mamá, la pendeja de Tina y mis dos hijos. Yo quería vengarme del pueblo, de todos. Así como me ves, era muy bonita cuando era joven. Para tener protección, y para vengarme de las mujeres, empecé a jalar a los hombres. Los invitaba en la noche a la casa. Bailábamos, jugábamos a la baraja, bebíamos, hacíamos muchas fiestas.

Cuando Eleazar lo supo fue la primera vez que lo contradije: yo vería cómo, pero tenía que proteger a mis hijos. Él nunca te va a perdonar una ofensa. En la ciudad ya estaba haciendo su vida, se había metido a la política. Pedía y devolvía favores, siempre tenía la forma de ganarse a la gente. En una de ésas, en una cantina, unos amigos de él le preguntaron si conocía a una tal Estrellita, así y así, por el rumbo de Linares, que era muy bonita, que era muy puta. Eleazar se enfureció de que hasta allá llegara mi fama. Me vendió con ellos, yo creo que él mismo los llevó conmigo.

Entonces Ástrid intentó callarse, pero ya no pudo. Había escuchado fragmentos alterados de esa historia tantas veces que no podía creer que al fin estaba oyendo algo cercano a la verdad.

Llegaron quince hombres a violarme y golpearme. Por la mañana Eleazar hizo lo mismo. Fue la última vez que estuvimos juntos.

Lo que quiero decirte, hija, es que sin dudarlo, sin meditarlo mucho, te vayas ahorita que puedes. Deja todo esto atrás.

104.

La siguiente semana fui a trabajar sólo dos veces y rechacé la tercera propuesta porque me hice una prueba de embarazo que salió positiva. Lo que le dije a Adria fue que tenía fiebre.

Dentro de mí no sólo había ganas de morir: había algo menor al tamaño de un grano de arroz, vibrante, viviente. Mi hijo. La razón del dolor en los senos, de mi repentina alegría, de que por primera vez en mi vida estuviera plantada en eso llamado "esperanza".

No pude dormir. Era la primera noche que dormíamos juntos teniendo yo conciencia de ello. Lo único urgente en mi vida era encontrar una manera para referirme a él. No sabía si era él o ella y faltaba mucho para saberlo. Quería que mi panza ya fuera enorme para sentir sus movimientos, saberlo vivo.

Dormía en cama prestada pero no sentía que habitara en el desamparo. Mi bebé estaba conmigo. Yo era su padre, yo era su Dios.

A mi propio Dios le pedí que le diera un alma para mi hijo. No importaba que fuera aún milimétrico, que le diera un alma para que lo quisiera y lo cuidara siempre.

Quise recordar muchos libros, autores, quise tener un *Decamerón*, *Las mil y una noches*, una *Biblia* a la mano. Necesitaba un nombre.

Me vencía el sueño y su nombre llegó así, en la vigilia.

Un nombre de hombre. Si fuera niña también la llamaría así. Un nombre fuerte y melodioso. Adriel. Ejército de Dios. Estratega militar, amante de la belleza. Mi herencia sería su nombre, en él le entregaría mi fortaleza y mi protección. Ni Adriel ni yo tenemos padre. Estamos solos. Mi cuerpo es su casa. Mi casa es esta ciudad que no conozco, que me pela los dientes, que me repele. Mi cuerpo es casa soleada para él, casa tibia donde hay música y descanso, comida, luz. Mi cuerpo es su abrigo. Un abrigo que quiere crecer y ensancharse, albergarlo. Mi cuerpo que lo alimentaría, que le daría todo, que se secaría por él.

Si Dios me estaba diciendo que se llamaba Adriel, es que ya tenía alma, que él lo cuidaría personalmente. Así como me había cuidado a mí.

Siempre.

Ya no pediría morirme de un solo tiro. Pedí por el alma de mi hijo. Pedí pagar por mis propios pecados, todos, que ninguno cayera sobre el alma de mi hijo.

Quería ver a Rock. Cuando nos visitara, saldría a mirarlo a los ojos. Articularía cada palabra que ya me latía en la boca:

Voy a tener un hijo. Será idéntico a nosotros.

105.

Yo supe antes que Rosso que Amalia tendría un hijo. Yo sí supe, y Rosso no, que el hijo era suyo.

En aquellos días de vivir en El Cielo nos había habitado el tedio de los mismos espacios y en un Mini Cooper habíamos burlado la vigilancia de Treviño.

Fue una niñería. Íbamos riendo por todo Morones mientras nos seguían Treviño y sus muchachos. Llegamos a Apodaca y visité por primera vez la casa de la mamá de Rosso. Una esquina de una sola planta en medio de un diminuto pueblo absorbido por el área metropolitana.

Es como volver al desierto, le dije feliz, y Rosso asintió sonriendo, cayendo en la cuenta de que su casa, desvencijada y abstraída en el tiempo, se parecía a aquella en la que habíamos dormido semanas atrás.

Una plaza, los perros, las calles empedradas. Comíamos un elote en una de las bancas del centro cuando cayó la noche y descubrimos que era Viernes Santo y una procesión de creyentes, antorchas en mano, venían a caminar el pueblo.

Los seguimos. Nos metimos entre ellos en silencio. Como si fuéramos parte de ellos. Si no por un credo, quizá por una necesidad de pertenecer. Al tomar la avenida, los dejamos seguir su camino y regresamos al pueblo deshabitado de Rosso.

Estuvimos tomando hasta quedarnos dormidos.

A mediodía, Rosso tuvo que salir a ayudar en el taller de su tío que estaba a la vuelta de la casa. Me levanté a buscar algo para desayunar y oí que tocaban la puerta. Supuse que Rosso había olvidado las llaves, o que era alguno de los escoltas que habían pasado la noche afuera, pero se trataba de Amalia, quien se sorprendió más que yo de descubrirme ahí.

Fue romper mis espacios: ese pueblo, el desierto, la casa. Fue entender que era yo quien rompía los espacios de Amalia. Yo, y no ella.

Cuando niños, ella y Rosso habían sido vecinos. Desde secundaria habían sido novios.

Amalia, parada en el umbral de la puerta, me miraba sin saber bien qué hacer.

Fui yo quien la invitó a pasar. Tal vez porque me pareció una figura triste, por primera vez la vi como una chiquilla frágil, en vestido, zapatitos de tacón, maquillada a pesar de no ser su costumbre, con un globo de helio al lado.

El globo era lo más dramático: una figura de biberón celeste y amarillo que acabó flotando por la casa mientras yo buscaba en la cocina algo para hacer un café y ella me ayudaba porque decía que no era tan fácil encender la estufa. Éramos dos extrañas actuando con la amabilidad de lo inesperado.

Es Decaf, aquí sólo compran descafeinado. No sé si te va a gustar.

Yo tampoco lo sabía, pero contesté que estaba bien.

Quería preguntarle por su visita, por el globo, o que llegara Rosso a hacerse responsable de la situación.

Recordé ese cuento de Banana Yoshimoto en el que dos chicas están enamoradas del mismo muchacho, y pelean frecuentemente por él en su casa. Pero entre nosotras no había una sola palabra ríspida. Antes sí, pero no en ese momento en que nos encontramos en casa de Rosso.

Hubo silencios.

El sorbo al café que sabía a agua con pintura.

El momento en el que pregunté, para hacer más llevadero el silencio, por qué había un plato para perro en el piso, si no habitaban animales en la casa.

Es de Lolo, el perro de Rosso. Teníamos siete u ocho cuando lo encontró cachorro. Vivió más de diez años. Afuera también está su casa. Rosso no pudo deshacerse de nada ni ha querido tener otro perro.

Definitivamente, era yo la intrusa. Estaba ahí, donde no debía estar. Entrometiéndome en espacios y tiempos que no me correspondían.

Volví a mirar el globo sin atreverme a preguntar. Amalia también volteó a verlo.

Estoy embarazada, dijo, tal vez también para acabar con el momento como minutos antes yo había preguntado por el plato en el piso.

Felicidades.

Venía a decirle a Rosso.

Entiendo.

Me miró y habló por lo bajo, quizá para oírlo sólo ella:

Tal vez no le interesa tanto.

¿Es de él?

No salgo más que con él.

Él no sabe eso. ¿Ya le dijiste?

¿Para qué?

Amalia no quiso café. Sólo tomó agua de un garrafón en un vaso de plástico y se fue.

Tomé por el hilo el globo que seguía flotando en la sala. Le hice un hoyo con un cuchillo. Lo desinflé y lo metí dentro de un bote de leche que estaba en la basura.

No le dije a Rosso que Amalia había ido.

106.

Cada tarde quería salir a caminar, pero Rock me había pedido que no anduviera en la calle a la vista de cualquiera. Así que cada tarde el chofer me paseaba en auto. Regresaba a casa por la noche después de haber visto bicicletas, argentinos, hipsters, turistas. El paisaje comenzaba a aburrirme porque nunca nos alejábamos de La Condesa.

Me había surgido una súbita ternura por todas las mujeres embarazadas que veía: sus hijos y el mío nacerían en fechas muy cercanas. No necesitaba cruzar palabra con ellas para sentirlas cercanas.

107.

No, si nunca la quiso. La tuvo y la aventó al monte. Para los coyotes, ¿para qué más iba a ser eso? Fue mijo el que la sacó de ahí, por eso se la quitó. Ella no la quería. Nunca la quiso. Era niña, sí. Muy chiquitita. No sé cómo se logró. La hubiera vendido si hubiera tenido a quién. Y fíjese, cosa curiosa, la niña era igualita a ella.

108.

Fue una sola vez.

Fue mi entrada a esta familia a la que he pertenecido por más que el Lobo haya pretendido otra cosa.

Fue ese amor del que no puede hablarse, pero tampoco puede negarse.

Fue esta fortuna. Esta dicha. Este amor que me late desde que era niña, y que me hacía sentir que me faltaba un abrazo en la cama. Siempre fui triste. Porque tenía esa ausencia y ahora lo sé. Y ahora me invento los recuerdos que no tengo: mi hermano se echó la culpa por una sopa que yo tiré, mi hermano encontró el primer diente que se me cayó y que había perdido, mi hermano me limpió con su playera la sangre de la rodilla cuando caí de la bicicleta. Hay una infancia en la que yo habito y ésta es luminosa cuando Rock está conmigo.

Fue una sola vez.

Volvería a su cuerpo como quien vuelve al amor, porque su piel y la mía son la misma. Porque al mirarlo sé qué sería de mí con un cromosoma distinto. Porque al besarlo sé por qué mis hombres anidan en mis labios, y cuando me beso así, cuando lo beso así, el resto de los hombres no son ya una carencia sino una sobra.

Fue una sola vez. Con ese amor que asquearía a los que no saben, a los que no les falta, a los que pueden ser hijos, madres, hermanos, por el puro vínculo de la sangre. A nosotros nos une más: la historia y la vida.

Sobre todo ésta. La vida que cuando estamos juntos es muchas, es varias, son sus viajes, sus mujeres, mis hombres, mis animales, las ciudades y todos esos pasos que, habiéndonos alejado antes, ahora nos unen.

Como si fuera una boda, mi boda, mi vestido era un Channel con tul. Adria llevaba uno idéntico y hasta se había maquillado como yo, fiel a su idea de que podíamos hacernos pasar por gemelas.

Tú no vas, le dijo Rock cuando habíamos subido al helicóptero.

Pero tú dijiste.

Cambié de opinión.

¿Y quién va a manejar a las muchachas?

No hay muchachas.

Vi la rabia en los ojos de Adria.

Tú te quieres ir con ella, lo acusó.

Que no vas. Bájate.

Por instinto, Adria apretó los puños, como si fuera a irse contra Rock y luego contra mí. Por instinto, oculté la cara, pero ella ya se tropezaba, bajando con torpeza y furia.

Después, Rock tomó mi mano y el recorrido lo hicimos en silencio.

Fue ese tacto. Ese silencio. Mi hermano.

No sé a qué estado llegamos. Debió ser muy cerca, quizá Puebla. Era una casa inmensa en medio del bosque.

¿Te gusta?, fue lo primero que me preguntó.

Al entrar, me presentó a seis amigos suyos. Me sentí alegre al ver que a uno de ellos ya lo conocía, un cantante francés hijo de chilenos.

Rock indicó que me sentara junto a él. Una vez más, no sabía si sentirme como la variedad o como invitada, pero cuando uno de los hombres le pidió un trago al mesero en inglés, Rock dejó claro que yo volvía a ser de los Quintanilla.

Español. Cuando está mi hermana sólo se habla español.

El gringo sonrió. La reunión fluyó sin tensión. Pensé que unos meses antes esa hubiera sido una reunión normal en mi casa: amigos, cocina, beber, reír, besarnos, así como el cantante había tratado de hacerlo.

Sonreí sin responder a su beso.

Rock rio.

La señorita no está disponible. Hoy no.

Algo brilló dentro de mí. Quise ser diminuta y meterme entre el cuello de su camisa y su piel. Desde ahí mirar al resto de los hombres, todos hermosos, sabiendo que me había quedado con el mejor de ellos.

Hacía mucho que no reía ni sentía la dignidad, o el cinismo, de ser hija de quien era. Mi padre me había desechado, pero otro Lobo ahora se hacía cargo de mí.

Después de algunas horas fui al baño a retocar mi maquillaje. Traté de ocultar mi cansancio. Me daba una segunda capa de corrector en las ojeras cuando Rock abrió la puerta y me besó. No podía dejar de mirarlo en el espejo, así como meses antes había contemplado el reflejo de Ástrid junto a mí.

Esperé que dijera algo pero no lo hizo. Sólo me abrazaba y me olfateaba con los ojos cerrados. Como un animal reconociendo a otro.

Fue esa vez.

Yo iba vestida de blanco como si aquel fuera el día de mi boda. Iba vestida de blanco como si mi cuerpo fuera puro y mi amor inocente. Pero no hay pureza ni inocencia si en el corazón late un amor insano, el amor de aquellos hermanos que viven solos en el monte y no saben de qué otra forma cobijar sus cuerpos.

El amor de los desterrados.

109.

En el monte uno crece como los animales. La malicia es cosa de acá. Allá no existe. Mija la grande cuidó a su hermano como si fuera su mamá, porque cuando nació mija la chiquilla me puse muy mala. Mija la grande quería a su hermano más que con amor: con veneración. Yo creo que cuando un amor así es correspondido es una bendición de Dios. Me dijo el cura que no dijera eso, que no metiera a Dios en nuestras cosas, pero yo creo que el amor siempre tiene que ver con Dios. Desde chiquillos se nos enseña que Dios es amor, ¿qué no?

110.

Y Rock caminaba sobre el mar. Y su rostro era fiero en medio de la tormenta. Las aguas del mar lo golpeaban sin poder doblegar su espalda. Caminaba directo hacia mí, no quitaba sus ojos de mi rostro. Amenazada. Me sentía intimidada, pero sabía que no tenía deudas con él. Si algo me pidiera, yo querría dárselo. Toda yo era para él. Nunca podría negarle nada. Si antes no me había ofrecido en sacrificio a él, era porque no sabía de su existencia. Iba a llegar conmigo para pedirme que no temiera, pero en cuanto se acercaba descubría que no era él, sino el cuerpo flaco de Rosso el que me rodeaba con sus brazos. El agua nos golpeaba en el rostro. Me ardía la cara. Rosso quería besarme pero su olor a tabaco me resultaba nauseabundo. No sabes a tabaco, sabes a sangre, le decía. Y Rosso ya no era Rosso. Yo estaba lamiendo el tibio hocico de mi Gretel. Pensaba que tal vez así la devolvería a la vida. Pero Gretel ya era sólo trozos de carne, y el mar no era el mar, sino un inmenso caño de sangre en el cual me hundía. Traté de gritar y desperté dándome cuenta de que estaba en una casa ajena. Desperté y vi saliendo de mis piernas un correr de sangre.

Todo comenzó con un correr de sangre, una mancha, un sobresalto. Ir al médico en la noche y regresar a dormir tranquila a casa porque en la clínica habían dicho que todo estaba bien. La bolsa estaba puesta en el lugar más seguro de mi útero. Su latido era intenso, vibrante, era el latido más intenso que rugía desde mi cuerpo. Si había un sangrado, se tomó la molestia de explicarme el médico, seguramente se debía a que la bolsa trataba de sujetarse mejor. Eso me alegraba entonces, quería que mi hijo se aferrara a mí con sus uñas, con los dientes. Cada noche cuando tomaba el ácido fólico me alegraba imaginándolo tomando la diminuta pastilla con ambas manos, diminutas también. Comiéndoselo a mordidas, saboreándolo. Mi hijo ha sido lo más vivo que ha habitado en mi cuerpo. Mi cuerpo fue su fuente, su abrigo, su casa. Mi cuerpo fue su tumba.

111.

A la mañana siguiente pedí el almuerzo a mi habitación. Nunca imaginé que fuera Ástrid quien me lo llevara.

Entró en silencio y puso la bandeja de comida en la mesita. Hurgó en mi armario y sacó un cambio de ropa. Se sentó junto a mí en la cama.

Tú traes algo dentro, yo lo sé. Y eso que traes no debe nacer aquí. Mis hijos andan azuzando al Lobo con lo que más ama. ¿Y tú crees que el Lobo se va a quedar de brazos cruzados?, ¿que va a permitir que se burlen de él? Eleazar va a venir contra estos, que no son más que lobeznos, y ahora sí me los va a matar. Vete ya, o va a matarme a mis hijos de mi corazón. Compréndeme tú, que también eres madre.

Me extendió el pasaporte de Adria.

Lo robé para ti, me dijo.

Ástrid entretendría al chofer un par de horas, fingiendo necesitar ir a la casa de Adria, luego haciéndose la extraviada o pidiendo ir a algún otro lado. De esa casa salí por mi pie, con lo que llevaba puesto. Junto a mis costillas mi Glock y una bolsa

317

de supermercado enrollando mi dinero, pegado con cinta bajo mi seno derecho.

El corazón se me salía por la boca. Llegué a una librería que tenía al lado un sitio de taxis. Cuando abordé, me di cuenta de que tenía otro sangrado. Le pedí que me llevara al hospital.

112.

En el monitor su corazón ya no vibraba. Ahí tenía que estar, pero no estaba. Ahí tenía que vivir, pero no vivía. El médico dijo que me darían antibiótico para intervenirme en unas horas. Querían sacarme a mi hijo. A mi hijo muerto. Pero yo tenía que ser su tumba. Al menos tendría que servir para eso. Yaceríamos juntos en el fondo de la tierra, ahí donde comienza el infierno.

Me dijeron que tenía que entrar a cirugía, pero yo sólo necesitaba irme. Arrojar mis monedas a la calle. El iPod. La pistola. No tenía más propiedades. Poder matarme al fin. Mi hijo no alcanzaría a infectarme. Él estaba dormido y yo tenía que alcanzarlo en su sueño. Vigilar su sueño.

Mi alma, como su corazón, ya no latía.

Me levanté para vestirme pero me sentaron en la silla de ruedas para llevarme a un cuarto para limpiarme. Como si yo fuera una vaca. Como si yo fuera Sexy. En la camilla una mujer me aplicó un enema. Yo ya no controlaba ni la entrada ni la salida de los fluidos de mi cuerpo. Quise pedir una toalla sanitaria. La enfermera me miró entre las piernas como quien se asoma a una ventana.

¿Cómo pelear si no podía ni dejar de temblar?

Está bien, así va a pasar.

Esterilizada. Estéril.

Mi siguiente camilla fue en el área de maternidad, junto a los cuneros, junto al llanto de los recién nacidos. Tantos hijos que no importaban porque ninguno era el mío.

Cuanta enfermera quiso podía asomarse entre mis piernas. Cuanta quiso me abrió las venas. Cuanta quiso me daba su opinión.

No se preocupe, ya no llore, va a ver que pronto se vuelve a embarazar.

No llore, en el cielo ya tiene un angelito.

Quería darles un tiro en la vagina, a ver si ellas no lloraban.

El llanto por mi hijo ni siquiera pude hacerlo en soledad.

113.

¿Qué vamos a hacer con la niña? Nació así, chiquitita. Nombre, esas niñas no se logran. Así nos decían. Esa niña se va a morir, nos decían. Esos no se logran. Lo hubieran dicho de un hijo mío y les hubiera roto la boca. Pero tu Estrellita no decía nada, no le importaba que estuvieran hablando de su hija. Ni con los ojos. No decía nada. No le importaba si la niña vivía o moría. Yo la cuidaba porque, pues era cierto, los niños así de chiquititos no se logran. Y si se lograba, ¿para qué se iba a lograr? No había padre o madre, no había nadie para ella.

¿Qué vamos a hacer con esa niña, Eleazar? Me tronaba los dedos, me daba miedo preguntarle a tu papá. También sabía que si te nos morías él no iba a poder. Ahí se iba a acabar todo. Él se había aferrado a ti como si fueras la única familia que hubiera tenido nunca. Ni a mí me veía con tanto afán. No me veía para nada, ni a sus hijos. A tu mamá ni se diga.

Tú eras puro huesito, mamacita. Naciste porque Dios es muy grande. O el Diablo, que siempre cuida de los suyos.

¿Qué vamos a hacer con esta niña?

La que se encargó de ti fue tu tía Tina. Noche y día ella estuvo ahí. Ya tu mamá no hablaba, se hacía encima. Un día en la mañana no se quiso levantar. Podía caminar porque ya estaba bien, pero era como si hubiera muerto.

Eleazar, para castigarla, la mandó a vivir allá, a las colonias. No había luz ni calle para allá. No nos dejó que la viéramos, ni a los niños. Los mandó allá a los tres solos.

Tina se casó y tuvo sus hijas.

Tú nunca supiste nada de eso porque tu papá volcó todo su amor en ti: eras la luz de sus ojos.

Tú crecías entre lujos y tus hermanos no tenían ni comida.

114.

Piensa en la palabra que más te gusta, dijo el anestesiólogo.

Chocolate.

Fue como si toda la habitación se volviera dorada.

Me fui.

Quería peinarme. Mi casa era como la de Peter Pan en un árbol. Era un lugar fresco. Las paredes musgosas me rodeaban y de mi tocador también nacían pequeños brotes de plantas. Había talqueras, maquillaje, desodorantes, pero yo sólo buscaba un cepillo en esa verde y caótica superficie. Como si fuera una habichuela viva, una semilla de luz pasó dando saltos entre mis manos. No pude sujetarla. La semilla brincó al suelo y salió de mi claro de bosque. Brincaba entre los adoquines del pavimento y yo no quería que nada la tocara. Corrí detrás de ella. Me cansé tanto que apenas si podía respirar. Corría a pesar del vestido rosa de princesa que me arrastraba. Pude al fin sujetar a mi haz de luz porque ya era del tamaño de una pelota de beisbol. No podía perderse en la ciudad, no podía dejar que le hicieran daño. La abracé contra mi pecho y se convirtió en un conejito. Creció y se convirtió en perro, y a medida que crecía, aumentaba su fuerza, la fiereza con la que buscaba salir de mis brazos. Era entonces un pato, lo aprisionaba contra mí porque no podía dejar que sufriera. Era mi deber cuidar a mi haz de luz. Y entonces se convirtió en un sapo que me erizó la piel. Le temía. No lo sueltes, me dijo mi propia voz. No puedes soltarlo. Es tu obligación cuidarlo. Con los ojos cerrados lo apreté contra mí, obligándome a protegerlo. Obligándome a amarlo. No lo sueltes, se convertirá en pantera, será fuerte, será recio. No lo sueltes, pensaba. Y ya no era un sapo, era un haz de luz del tamaño de una pelota de futbol. Su fuerza empujaba mi pecho y mi vientre. Resbaló de mis brazos y yo grité al correr tras él. Pero avanzaba a grandes saltos y en una caída, la más estruendosa, se dividió en cuatro. Cuatro seres de luz que se convertían a voluntad en gatos, cajas matruschkas, conejos, Gretels, enanos. A cada brinco eran seres distintos, y cuando al fin pude ponerme en medio de los cuatro, se desintegraron. Se convirtieron en polvo de luz, estruendosa pirotecnia que se elevaba al cielo.

Todos los animales aman a Dios.

El alma de mi hijo había sido tan pura como la de cualquiera de ellos.

115.

Desperté en una recámara de hospital. El médico llegó a darme de alta. Cuando me senté, un mar de sangre se me escurrió entre las piernas. Mis lágrimas cayeron sobre la cabeza de una enfermera que me limpiaba y que tuvo la misericordia de no hablar.

Que mi esposo había pagado mi deuda en el hospital, me dijeron al salir.

Andaría hasta desangrarme. Caminé a lo largo de Insurgentes, me metí por Santa María la Ribera y las colonias cercanas, por Buenavista. Viendo sin mirar me topé de frente con un tigre blanco. No era mi imaginación, no era un tigre disecado, era un tigre blanco que se lamía las patas y descansaba sin darse cuenta de mi asombro a menos de tres metros de distancia. Me sujeté de la cerca. Era un tigre flaco y golpeado que era explotado por el circo sobre hielo. El ojo izquierdo a punto de reventar. Un tigre blanco aparecía de pronto así como aparece el hambre. Su vida no habría sido mejor que la mía. En otro tiempo hubiera podido comprarlo y tratarlo como rey. Ese día no podía darle más que mi alma, que ya estaba muerta. Amarlo como no había amado a nadie. El alma de ese tigre era tan pura como había sido la frágil alma de mi hijo.

Y yo ya no tenía nada para amarlo, nada para darle, más que una bala que debía quedar en mi Glock. Piedad para él o piedad para mí.

¿Quién te quiere?, ¿quién te cuida?

Con dificultad respiraba y descubrí que yo jadeaba del mismo modo. Apunté hacia él sin posibilidad de errar. Me miró en ese instante sin saber que lo haría descansar. Me miró y disparé. Pero mi Glock estaba vacía, sólo nos dio un ruido seco.

Me lamenté por todas las veces que había desaprovechado oportunidades de morirme.

No tengo para ti ni esto.

116.

No puedes ponerle Santa a esa niña. Es una injuria. Nos va a castigar Dios. ¿Cómo vas a ponerle así, frente al señor, en la iglesia? Eso es una burla. Me contestó que a su hija no tenía por qué bautizarla, que si era creación de Dios, Dios ya la había bendecido. Y si ya está bendecida, ¿para qué le pones "Santa"? ¿Qué protección necesita? Y así y así le estuve diciendo. Al final lo convencí, pero no hice que te llevara a bautizar, eso sí no pasó. Yo digo que por eso te pasaron esas cosas. En esas protecciones que cree tu papá yo no creo. Dios que está allá arriba es más grande que todos nosotros.

117.

Aferrada a los barrotes de la cerca, fue como si oyera la voz de Treviño. O la de mi padre.

¿Y creías que te ibas a ir así de fácil, cabrona? ¿Que nadie te cuida?, ¿que te mandas sola?

No tenía voz para contarle todas las veces que se me había manifestado en sueños. Cuántas veces lo había buscado en Rosso, en Ferrán, en Bruno. Yo no era nadie para contarle nada. Yo sólo era una chica sin historias.

Quería decir su nombre.

118.

Podría pedir por la pureza de mi alma. Simplemente arrodillarme y pedir. Era lo que había hecho toda la vida. Quiero un tigre blanco. Quiero ese chef. Quiero ir a Praga a escribir una novela. Quiero mi casa en Roma. Déjame gastar en una película. Podía arrodillarme.

Pero mi Dios está en los cielos. Y yo estaba muy abajo. Demasiado abajo.

Mi hijo había pagado por mis pecados, ¿qué otro precio me faltaba cubrir?

Nunca vería el rostro de mi hijo. No, a menos que mirara el de Dios. Mi Dios estaba en los cielos. Pero mi Dios estaba ahí, entre la sangre y la mugre. Entre este tigre blanco y yo: animales sucios y desesperanzados. Mi Dios estaba ahí. Había descendido. Había tomado el cuerpo de mi hijo santo. Era más alto que yo. Muy alto. Moreno como yo. Muy recio. No tenía qué hablarle. Mi Dios era mi Padre. Y mi hijo. El rostro de Rock es idéntico al mío porque somos hermanos. Rock se agacha y me besa para dejarme en la boca el sabor del perdón. Rock es mi Señor y mi dueño. Me besa para dejarme en la boca el sabor del amor. Me besa porque no le molestan mis lágrimas en su cara. Rock de amor, Rock de luz, de la misma naturaleza que el Padre. Yo por la ley soy muerta para la ley, a fin de vivir para Rock. Limpia mi cara y me abraza. Con Rock estoy juntamente crucificada y ya no vivo yo, mas vive Rock en mí; y lo que ahora vivo en la carne, lo vivo en la fe del hijo de Rock, el cual me amó y se entregó a sí mismo por mí.

¿A dónde chingados crees que te vas a ir?

El amor ha de ser de desierto, por eso a nosotros nos esperaba el destierro. Rock es mi camino, mi verdad, y mi vida. Pero Él sabe que se nos acabó el tiempo. No andaremos en convertible ni nadaremos en las playas de California. No volveré a maquillarme pin up para él. No tendremos un hijo al que podamos llamar nuestro. No beberemos vino ni despertaremos tarde los domingos. Porque en el mundo hemos encontrado aflicción. Porque el justo por la fe vivirá. Pero nosotros no somos justos. Pero nosotros no tenemos fe. Porque hemos ofendido a Dios. Porque viene el Lobo. ¿Te crees muy libre o qué?, me doy cuenta de que me está sujetando con la fuerza del brazo. Que a la par me besa y me maltrata.

Todo este tiempo y no has entendido que el Lobo no suelta, que castiga a las mujeres que lo traicionan. Tú no tendrías por qué ser la excepción. Una mascada no volará de mi cuello al rescostarme en el hombro de Rock mientras conduce un convertible. No te vas a ir de mí, así como nadie puede irse del Lobo. Tengo a mi hermano que es mi hijo. Que es mi padre. Nos está esperando el Lobo. Nadie viene al Lobo si no es por mí.

Loba de Orfa Alarcón
se terminó de imprimir en febrero de 2019
en los talleres de
Impresora Tauro S.A. de C.V.
Av. Año de Juárez 343 col. Granjas San Antonio,
Ciudad de México